QUAND LES C

STÉPHANIE PELLETIER

Quand les guêpes se taisent

nouvelles

LEMÉAC

Ouvrage édité sous la direction
d'Yvon Rivard

Les extraits d'autres œuvres citées dans ce livre proviennent des chansons et ouvrages suivants :

Leonard Cohen, *Please don't pass me by (A disgrace)*, © 1973 Sony/ATV Music Publishing LLC. All rights administered by Sony/ATV Music Publishing LLC, 8 Music Square West, Nashville, TN 37203. All rights reserved. Used by permission.

Leonard Cohen, *Anthem*, © 1992 Stranger Music Inc. All rights administered by Sony/ATV Music Publishing LLC, 8 Music Square West, Nashville, TN 37203. All rights reserved. Used by permission.

Georges Dor, *La Manic*.

Virginia Woolf, *Journal*, traduit par Colette-Marie Huet et Marie-Ange Dutartre, Paris, Stock, 2008 [1981].

Virginia Woolf, *Les vagues*, traduit par Marguerite Yourcenar, Paris, Le livre de poche, 2005 [Stock, 1974].

Conception graphique de la couverture : Gianni Caccia
Photo de couverture : © Lizard / Shutterstock.com

Leméac Éditeur reconnaît l'aide financière du gouvernement du Canada par l'entremise du Fonds du livre du Canada pour ses activités d'édition et remercie le Conseil des arts du Canada, la Société de développement des entreprises culturelles du Québec (SODEC) et le Programme de crédit d'impôt pour l'édition de livres du Québec (Gestion SODEC) du soutien accordé à son programme de publication.

ISBN 978-2-7609-3352-1

© Copyright Ottawa 2012 par Leméac Éditeur
4609, rue d'Iberville, 1ᵉʳ étage, Montréal (Québec) H2H 2L9
Dépôt légal – Bibliothèque et Archives nationales du Québec, 2012

Imprimé au Canada

Je voulais parler de la mort,
mais la vie a fait irruption,
comme d'habitude.

Virginia Woolf

LES TRUFFES

Marie a le nez dans les longs cheveux noirs de Geneviève. Ils sentent bon. Marie a toujours aimé l'odeur de Geneviève. Elles se connaissent depuis plus de quinze ans. Geneviève pleure.

— J'ai l'impression de mourir par en dedans.

Marie ne sait pas quoi dire. Elle se tait. Elle tient son amie dans ses bras. Parce que c'est la seule chose qu'elle peut attraper. Sur le reste, elle n'a pas de contrôle. Les pères qui meurent, ça dépouille les filles. Et le père de Geneviève meurt.

— Je sais pas quoi te dire, ma belle.

— Y a rien à dire.

Geneviève se dégage de l'étreinte de Marie. Elle s'agenouille sur la dalle du foyer, elle tend les mains vers le feu. Marie reste debout, mais elle n'a plus rien à tenir. Elle est dépourvue. Elle se dirige vers la cuisine. Elle empoigne une bouteille de vin de dépanneur Les Truffes, elle prend le limonadier vert. Elle ouvre la bouteille et verse le vin dans les deux ballons. Il y a déjà des traces de doigts sur les verres. C'est la deuxième bouteille qu'elles boivent. Ce sont des amies qui boivent trop. Elle revient au salon, tend une coupe à Geneviève. Elle met de la musique sur son iPod, Michael Jackson, *Billie Jean*. La pop, un remède instantané, une diversion. Marie le sait. Geneviève pousse une exclamation de joie, elle se lève et se met à se tortiller le bassin en riant. Marie crie par-dessus la musique :

— Tsé, le gars que je t'avais parlé l'autre jour ?

— Le comptable ?

— Hein ? Non ! Le gars pas rapport que j'ai rencontré dans un Canadian Tire !

— Ah, le monsieur muscle !

— Ouais lui ! Ben, tsé pas quoi ?

— Non !

— Y a vraiment un trop gros pénis !

Les histoires de cul, un remède instantané, une diversion. Marie le sait. Les deux filles s'esclaffent comme des filles soûles.

Elles viennent à bout de la deuxième bouteille. Puis des restes de bière de tous les partys de l'année glanés ici et là. Enfin, d'un fond de crème de menthe verte.

Quand elles ont tout bu et qu'elles n'arrivent plus à suivre le rythme de la musique, Geneviève annonce son départ. Marie la serre de nouveau contre son cœur.

— J'vas avoir besoin de toi, mon amie. Va falloir que tu te tiennes prête parce que j'vas vraiment avoir besoin de toi.

— J'vas être là. Je t'aime.

Geneviève retourne chez elle à pied. Après son départ, Marie appuie son dos contre la porte refermée. Elle passe une main dans ses cheveux. Elle sait que ça ne suffira pas.

TU VAS MOURIR

Tu as poussé un gémissement puis tu t'es retiré. Tu as enlevé le condom et t'es laissé tomber près de moi. Je n'ai pas joui. Trop compliqué, trop long. Parce que je ne t'ai pas montré comment. Et parce que nous avons fait l'amour dans la peur d'être surpris. Par mon chum. Ou par un téléphone de ta femme sur ton cellulaire que tu as laissé allumé pour ne pas avoir l'air louche. Mais j'ai emprisonné ton orgasme. Je pensais que lorsqu'un homme se laissait aller en moi, il m'abandonnait une part de lui-même. J'emmagasinais ces instants précieux dans ma mémoire. Je notais chaque détail. J'aimais ce son aigu qui sortait de toi, comme si ces quelques secondes étaient intolérables et douces à la fois. Ton visage aussi. Rien n'est plus beau que le visage de désir, le visage de jouissance d'un homme. Révulsé, lumineux. Je garde, encore aujourd'hui, un petit morceau de ton âme dans mon ventre.

J'ai déposé ma tête sur ton torse. Je t'ai respiré. Cette odeur de toi. Elle me portait. La sueur, le savon, je ne sais quelle épice. Je n'étais plus qu'un corps suspendu à un autre corps. Tu as caressé mes hanches, puis mes cuisses. La paume de tes doigts, je croyais qu'elle contenait une huile. Quand tu me touchais, je ne savais plus où tu t'arrêtais et où, moi, je commençais. Puis tu as cessé. J'ai repris tes mains et les ai remises sur mes fesses en riant. Nous nous sommes embrassés, une conversation de langues et de soupirs. Tu as plongé un doigt dans mon sexe. Un choc et mon corps renversé. Si cette histoire n'avait pas trouvé sa fin, nous aurions eu envie l'un de l'autre jusqu'à disparaître.

— Faudrait ben aller manger notre dessert !

Je n'ai pas eu le temps de te retenir. Tu étais déjà debout. Beau. Nu. Tu m'as regardée.

— J'prends une photo intérieure, pour pas perdre cette image-là.

Tu m'as parlé de ma collection de moments d'éternité. Tu as dit que tu trouvais ça beau comme expression. Que ce moment en était un. J'ai dit que oui.

C'était la dernière fois que nous faisions l'amour. Je l'ignorais. Après, nous avons rompu, parce que tu as eu peur. Ça fait six ans aujourd'hui, j'avais noté la date exacte dans mon journal. Nous avons continué de nous voir. Des amis à défaut d'être plus. Parce que c'était plus fort que nous.

Assise dans ma Subaru, je regarde devant moi. Je n'arrive pas à me convaincre d'en sortir. J'ai chaud. Le soleil de mai entre par les fenêtres et ça me fait transpirer. Je n'aurais pas dû mettre mon manteau rouge. Je vais l'enlever en sortant. J'étouffe. Je sais que l'air est plus frais dehors. J'entends les oiseaux. Le son est assourdi par les vitres de la voiture. C'est presque surréel. Je ne veux pas ouvrir la portière. Je refuse de bouger. En niant que ma vie continue, j'arriverai peut-être à figer le temps. Sacrifier ma vie pour suspendre la course fatale de la tienne.

Mon cœur s'arrête. Je vois ta femme et tes enfants sortir de l'hôpital. Elle a l'air épuisé. Ses cheveux gris-noir sont emmêlés, mal coiffés. Ton fils doit avoir environ dix-huit ans. Il n'est pas très grand pour son âge. Son visage me met mal à l'aise. Tes traits, mais déformés, impurs. J'ai toujours préféré tes filles. Parce que ce sont des filles. J'ai moins l'impression de regarder des versions de toi altérées. Tous les quatre, unis par cet abattement du corps qui témoigne de la souffrance humaine, tournent le coin qui mène à la rue Rouleau, puis disparaissent.

C'est à mon tour maintenant. Si je veux pouvoir t'arracher quelques minutes en tête à tête avant ta mort. Elle. Qui n'a pas de sens. Tu as reçu le diagnostic il y a six mois : cancer des os. Et aujourd'hui tu meurs.

Dans le hall, je m'arrête pour mettre du gel désinfectant sur mes mains. Ça pue. Le réflexe d'obéissance ne m'a jamais quittée, même si j'ai renié depuis longtemps l'histoire du Petit Chaperon rouge. Je demande ton numéro de chambre au gardien.

B-4311. Ton nom. Département de soins palliatifs. Ne peuvent tenir ensemble dans la même phrase. Je refuse.

Dans le corridor, mes talons résonnent. J'ai essayé d'être parfaite pour toi. Ta robe préférée. Rouge, en portefeuille, avec des fleurs du Venezuela. Mon parfum. Mes yeux soulignés de noir. Mes sous-vêtements de dentelle. Le modèle que tu adorais. Noirs, à la garçonne. Je sais que tu ne les verras plus jamais. Mais moi, je saurai qu'ils sont là, et ça me donne l'illusion que tu pourras mieux les imaginer. C'est n'importe quoi ! Tu t'en fous, en fait. Tu vas mourir. Tu es seul. Tu as peur. Je m'en vais voir l'homme que j'aime depuis plus de quinze ans. Il est seul et il a peur. Moi, comme une conne, je pense à mes petites culottes. Je me fais diversion. Parce que l'idée de ta mort n'entre pas en moi. Je la rejette comme si on tentait de me greffer un cadavre de rat à la place du cœur.

Puis il est devant moi. Le service de soins palliatifs. Je m'arrête et regarde la porte. Des maudits murs blancs d'un bord comme de l'autre ! Un maudit prélart gris avec des petites taches noires et beiges ! Toi qui es si beau, toi qui respires comme on crée, comment

13

pouvons-nous te laisser mourir là ? C'est à croire que les hôpitaux sont conçus exprès pour rendre la mort laide. Je profite du passage d'un infirmier pour me faufiler par la porte ouverte. S'il avait fallu que je l'ouvre moi-même, je n'y serais jamais arrivée. Je l'aurais fixée pendant des heures, espérant, comme dans la voiture, que les minutes s'arrêtent, que l'écoulement du temps cesse d'exister et ta mort avec.

Je cherche le numéro de ta chambre. B-4305. B-4307. B-4309... B-4311. C'est ouvert. Avec une appréhension trop familière, je regarde à l'intérieur. La même sensation d'impossible. Toujours. Un être aimé ne peut pas être dans cet endroit. Que des inconnus. Des gens qui n'ont pas d'importance, qui ne sont que des décors. La mort, ça n'existe pas vraiment. C'est une farce. Trop absurde. Sur le lit, une couverture verte camoufle à demi un homme tourné vers la fenêtre. Un acteur. Un mannequin. Je ne vois pas son visage.

Tant que je ne le vois pas, cet homme peut ne pas être toi. J'entre et le bruit de mes bottes le fait remuer. Il se retourne sans brusquer son corps pris par la douleur. Bientôt, il sera trop tard pour le déni. Cet homme sera toi et tu seras mourant. En me voyant, tes traits changent. Comme un bonheur mélangé de regret, de pudeur même. De quelle façon agissent d'anciens amants dans ces cas-là ? Je me souviens de cette journée où j'avais aperçu pour la première fois des cheveux gris sur tes tempes. J'avais eu envie de tuer la mort, cette chienne. Si elle s'était tenue devant moi, je l'aurais griffée, mordue, frappée. Aujourd'hui, ton visage en entier est gris et je n'ai même plus la force de me révolter. Le hurlement est dans ma poitrine, mais je ne peux que me résigner et me taire.

Je m'approche et prends ta main. Tu me la cèdes. Me l'abandonnes. L'huile est encore là, sur ta paume et tes doigts, qui rend floue la limite entre nos corps.

— Je suis content de te voir.

— Moi aussi.

Mon pouce se promène sur tes jointures. Nous nous taisons. Respirons cet instant. Pas besoin de parler. Je te demande si je peux t'embrasser. Tu me souris. Tu serres ma main un peu plus fort. Je me penche sur toi, caresse ta joue puis tes cheveux. Fins. Légers. Mon visage à une infime distance du tien. Nos yeux mélangés. Je te vois. Puis tes lèvres et, derrière le goût de la maladie, toi. Que je trouve enfin dans ta langue et ton souffle. Ta vie est là, tout entière dans ma bouche. Je voudrais l'emprisonner, comme ton orgasme jadis. Avant de me reculer, je sanglote malgré moi, le son de la douleur éperdue que je ne peux étouffer. Presque un bruit de bête. Je suis secouée par les pleurs que je retiens. Ils sont dans ma gorge comme autant de vomissements que je ravale. Tu as assez de ta mort, je ne vais pas t'imposer ma misère. Je reste auprès de toi. Longtemps.

— Chantale va revenir avec les enfants.

Oui, c'est vrai. Je suis l'illégitime. Celle qui n'a pas le droit de t'accompagner dans ta mort. Je ne te verrai pas disparaître. Il faut que je parte, que je laisse ça à ceux qui y ont droit. J'avale ma salive plusieurs fois avant d'arriver à dire :

— Je t'aime.

J'essaie de dégager ma main, mais tu la retiens jusqu'à ce que je te regarde.

— Je t'aime, Marie-France.

En sortant de l'hôpital, je vais stationner ma voiture au parc Beauséjour. Je remets mon manteau rouge parce que cette soirée de mai est un peu humide. Je marche jusqu'à un banc qui fait face à la rivière et au soleil couchant. Je m'y installe, et soudain, tu es juste là, à côté de moi. Je te fais signe de t'allonger et t'invite à déposer ta tête sur mes genoux. Je place une couverture sur ton corps. Tu fermes les yeux. Tu souris. Je mets ma main sur ton cœur que je sens battre contre ma paume. Et c'est là, dans la nature et l'air frais du printemps, devant le ciel embrasé par le soleil et l'eau calme de la rivière, ta tête sur mes genoux et mon autre main dans tes cheveux, que moi, je décide de te faire mourir.

TU T'ES APPUYÉ CONTRE UN ARBRE

C'est dimanche. François est parti pour le week-end et je me sens seule. J'ai accepté votre invitation à dîner. Mais en conduisant vers la maison familiale, je repense à ce que tu m'as dit hier alors que nous faisions de la raquette. Je suis troublée.

* * *

Je te suivais dans la neige sèche. L'exercice était exigeant. Surtout pour toi qui tapais le sentier. Tu veux toujours me précéder. Tu as l'air de croire que je suis trop fragile pour ouvrir la voie. Tu as peut-être raison. Avec ta hache, tu coupais les petites branches qui avaient poussé depuis l'an passé et qui encombraient le chemin. J'aime ce bruit. Il est net et cassant. Il contraste avec le silence épais de l'hiver. Nous étions partis trop tard de chez moi. Personne n'était venu là avant nous. Notre progression était ralentie. Parce qu'il fallait fouler la piste. Parcourir la boucle au complet allait nous prendre au moins une heure. Si la noirceur tombait pendant que nous étions dans le bois, François ne serait pas là pour appuyer sur le klaxon de la voiture et nous faire entendre le chemin du retour. Avec le manche de ta hache, tu m'as montré des traces d'animal.

— Tu vois-tu, Maggie, ça c't'un pékan. Y marche les pattes en diagonale.

— Han?

Le bruit de mon capuchon raidi m'avait empêchée de t'entendre. Tu t'es retourné. Tu souriais. Tes yeux se fermaient sous l'effet du froid. Ta barbe grisonnante était pleine de petits glaçons. Tu avais les joues toutes rouges. J'ai trouvé que cet endroit te rendait beau.

— ÇA C'T'UN PÉ-KAN! Y MARCHE LES PATTES EN DI-A-GO-NALE!

— Aaah!

J'ai regardé les pistes en essayant de bien en mémoriser la forme. Si j'arrivais à m'en souvenir la prochaine fois, je pourrais te le dire et tu serais content.

Tu as repris ta marche. Il y avait du silence dans la forêt. Les bêtes se taisent quand il fait trop froid. Même les petites mésanges ne chantent pas. Mais, aux humains, la proximité des arbres donne de la chaleur. L'impression d'être protégés. S'il n'y avait pas la forêt, l'hiver ne serait qu'une menace de mort suspendue au-dessus de nos têtes pendant cinq ou six mois. Tu t'es arrêté de nouveau.

— Vois-tu un ruban, Maggie?

Angoissée, j'ai observé tout autour. Je voulais trouver avant toi. Pour te montrer que j'ai un bon sens de l'observation. Pour que tu m'estimes. C'est important pour moi que tu saches que je ne suis pas qu'une rêveuse malhabile. Que j'arrive à composer avec la réalité, parfois. Et soudain cette petite lumière orange. J'ai presque hurlé.

— LÀ!

— Ah, ben oui.

Tu t'es dirigé vers le morceau de couleur synthétique. J'ai regardé ton dos. Large. Recourbé. Quand tu retournais la tête pour t'intéresser à une piste ou pour couper une branche, j'apercevais la palette de ta casquette sous ton capuchon. Ta façon de te vêtir ne jurait pas avec la nature. Tu uses tes habits si longtemps qu'ils ont l'air de faire partie de toi. Ils deviennent presque organiques. Te suivre était réconfortant. Tu étais mon père et tu existais. Ta vie donnait du sens à la mienne. Pas de maladresse dans mes gestes. Là, dans cet endroit, avec toi, ma présence résonnait.

Un rayon de soleil a attrapé mon visage. Je me suis immobilisée. Les yeux à demi fermés, je l'ai laissé parcourir mes joues. Mon souffle faisait des arcs-en-ciel. En voyant ma vie s'échapper de moi dans l'air, j'ai presque cru en Dieu. Je n'entendais plus le son de tes pas dans la neige. Je me suis retournée et je t'ai vu. Appuyé contre un arbre, tu reprenais ton souffle. Ton corps oblique. Ça m'a fait mal. Depuis quand avais-tu besoin de te reposer? Je n'arrivais pas à composer avec la fragilité de ta vie. Mon père se reposait et je croyais déjà à une crise cardiaque. Nos randonnées en raquettes ont toujours été parsemées de petits arrêts. Pour parler de choses simples. Observer cette piste ou ce pic-bois. Mais cette fois, la suspension de notre progression n'avait pas de raison extérieure à toi. Il te fallait une pause. Tu es resté longtemps là, silencieux, puis :

— Marguerite, j'ai fait l'amour avec une autre femme que ta mère.

— ...

Il n'y avait rien à dire. J'aurais pu être choquée. J'aurais pu vouloir te réprimander. Mais je te comprenais. J'avais déjà fait pareil et tu le savais.

— Vas-tu le dire à maman?

— Je sais pas.

Tu as relevé la tête pour regarder devant toi.

— Crisse, pour moé, la noirceur va pogner avant qu'on arrive.

Tu es reparti.

Vingt minutes avant la fin du trajet, nous nous sommes arrêtés. Il faisait noir désormais. Nous

19

n'arrivions pas à distinguer les rubans. La lumière n'était plus là pour souligner les contrastes et chaque écorce de bouleau pendante était un faux signal. Nous avons cherché un bout de temps. J'ai essayé de te guider. J'aurais dû connaître ce sentier mieux que toi, je le parcours plusieurs fois par hiver. Mais je ne suis pas arrivée à te montrer le chemin. Chaque fois que je croyais retrouver un repère, il nous menait vers une fausse piste. Dans l'obscurité, la forêt n'était plus qu'un décor silencieux. Rien ne nous faisait signe.

— On n'est pas loin du chemin, on va couper direct à travers le bois.

Je n'ai jamais eu peur avec toi dans la nature. Mais quelque chose était cassé. Tu étais devenu vulnérable. Je doutais. Je t'ai suivi malgré tout. J'entendais le rythme lourd de tes raquettes. Je distinguais à peine ta silhouette qui se balançait devant moi. Je craignais les coyotes. Je sais qu'ils ont plus peur de nous que nous d'eux, mais c'était ce qui m'inquiétait le plus. Je craignais la peur elle-même.

— Ah, v'là le ch'min !

J'ai vu ton ombre disparaître d'un coup parce que tu venais de sauter en bas de l'ourlet. Puis le son de tes pas est devenu claquant. La surface glacée de la route heurtait la babiche durcie par le froid. Quelques pas et j'ai aperçu à mon tour la clarté bleutée du ciel de pleine lune. Les champs, de l'autre côté du chemin, et la rangée sombre des cormiers qui les séparaient. Nous étions tout près de chez moi. Je voyais ma maison blanche et rouge à cinq cents mètres vers l'est. J'avais oublié d'éteindre les lumières de la salle à manger. J'avais peur que tu me le fasses remarquer. Je trouvais ça beau. Les petits carrés jaunes qui diffusaient leur lumière. Le sourire de ma maison qui défiait la nuit d'hiver.

Tu m'attendais sans te presser. Chacune de tes respirations était accompagnée d'un grondement comblé. Ça voulait dire que nous étions arrivés à bon port. Que la traversée avait été satisfaisante. Que tu étais heureux.

— As-tu eu peur qu'on se parde ?

Ta voix était un peu plus aiguë que d'habitude. C'était le signe que tu te moquais de moi pour rigoler. Tu avais bien senti que je perdais confiance. J'ai grondé dans mon foulard :

— Ne non.

— Ha !

Tu as éclaté de rire. Cette exclamation de surprise que je connais si bien. Celle qui veut dire que tu n'en reviens pas. J'avais vraiment eu peur et tu le réalisais. On aurait dit que ça te mettait mal à l'aise. Comme si tu sentais que quelque chose clochait. Tu avais raison, ça n'était pas normal que j'aie eu peur en ta présence.

Tu as enlevé tes gants. Tu t'es mouché en appuyant la jointure repliée de ton index sur chacune de tes narines. Puis tu les as remis. Tu es reparti vers la maison. Moi, je suis restée immobile derrière. Les derniers mètres parcourus plus vite m'avaient coupé le souffle et je tentais de retrouver un rythme normal. L'air froid faisait mal en entrant dans mes poumons.

J'ai pensé à maman. Je me suis demandé quel âge avait cette autre femme. J'espérais qu'elle n'était pas trop jeune, pas trop jolie. La beauté plastique ne comptait pas parmi les critères qui t'attiraient chez une femme. Alors, qu'avait-elle de si singulier pour que tu te détournes de trente-cinq ans d'engagement ? Une manière de rire, peut-être, une lumière dans l'œil ou un pli dans le creux de l'aine sur lequel tu ne te lassais pas de passer ton pouce.

Tu étais amoureux, ça ne faisait pas de doute. Je te ressemble là-dessus. Par-dessus le désir, c'est l'attirance du cœur qui nous convainc de commettre l'irréparable. Sinon, ça n'aurait pas de sens. J'imaginais comment elle

21

avait dû t'embrasser et te caresser. Je me demandais de quoi elle avait l'air, nue. Elle devait avoir un corps plein. C'était tordu de penser à tout ça, mais c'était plus fort que moi. Les images arrivaient d'elles-mêmes et je ne pouvais pas m'empêcher de les contempler. Elles me fascinaient. J'essayais de repasser dans ma tête toutes tes connaissances féminines. Aucune n'était digne de l'idée que je me faisais de tes fantasmes. Ce devait être une inconnue. Je me demandais quand c'était arrivé et si ça s'était reproduit. Tu ne m'avais pas donné de précisions. Je ne t'en avais pas demandé.

Tu aimais encore maman. Ça aussi, j'en étais certaine. Il ne fallait pas qu'elle le sache. Jamais.

— MAGGIE, cé qu'tu fais?

Ta voix impatiente m'est parvenue de loin. Tu étais entré dans le parking de la maison. Planté devant la porte, tu m'attendais. J'avais les clefs.

— Oh! Scuse-moi!

Je me suis mise à courir avec mes raquettes. J'étais maladroite, mais ça avançait tout de même plus vite qu'en marchant. Je ne voulais pas te faire attendre. J'ai failli m'enfarger plusieurs fois jusqu'à ce que tu t'exclames:

— Maggie, crisse, calme-toé, tu vas t'estropier!

J'ai ralenti le pas, mais j'essayais d'aller vite tout de même. Je t'ai ouvert tout de suite en arrivant à ta hauteur. Tes raquettes étaient déjà enlevées. Tu es entré pour aller aux toilettes. En refermant la porte derrière toi, tu as fait trembler les murs. Mais je savais que ça n'était pas de la colère. Tu fais tout avec vigueur. Tu es un homme fort. Je me suis agenouillée pour défaire les attaches de mes propres raquettes. Quand je me suis relevée pour entrer à mon tour, je n'ai même pas eu le temps de poser la main sur la poignée de la porte que tu étais déjà dehors.

— Bon, ben, salut ma fille, à prochaine!

— Tu veux pas entrer prendre une bière avant de partir?

— Ne non, ta mère m'attend pour souper. Une autre fois!

— O.K. Bonne soirée, p'pa! Merci pour la *ride*!

— Bonne soirée, ma fille! Ça m'a fait plaisir!

Je suis entrée dans la maison. J'ai jeté mes mitaines par terre. J'ai délacé mes bottes. J'ai installé mes culottons et mon manteau sur la rampe d'escalier et j'ai allumé le foyer. Le téléphone a sonné, c'était maman qui m'invitait à dîner.

* * *

En stationnant ma vieille voiture à côté de votre beau coupé sport flambant neuf, j'essaie de me composer un visage détendu. Le visage que j'aurais si je ne savais pas. Je me demande si tu avais le droit de me faire porter ton secret. J'ai l'impression que tu m'as mise sur le dos la moitié de ta charge. Ta chienne, Pétunia, attend en gémissant que je sorte. Dès que je descends, elle se plaint de plus belle. Je dépose une main sur sa tête.

— Hi qu't'es chialeuse!

Dans la maison, je devine le dîner à l'odeur. Des vol-au-vent au saumon, sauce aux œufs. Je sens la salive remonter derrière ma langue. J'aime les vol-au-vent au saumon, sauce aux œufs de maman. Elle est en train de mettre la table. Elle relève la tête pour me regarder et me sourire.

— Salut, ma tite pitoune!

Pommettes retroussées, yeux brillants. Elle va garder son air de gamine jusqu'à sa mort. Je t'entends me crier du salon:

— Salut, ma fille!

— Salut, p'pa!

23

Je me déchausse dans l'entrée. J'accroche mon manteau sur la patère surchargée. Je monte les marches vers la cuisine. Corn Flakes, l'un des chats de maman, se jette sur le dos devant moi. Je lui gratte le bedon. Il ronronne en louchant. Je me relève, finis de monter l'escalier et embrasse maman qui est en train de déposer nos assiettes sur la table.

— C'est prêt!

Tu te lèves en grondant. Tu marches un peu courbé. Tu as mal au dos.

— Qu'est-ce t'as là, p'pa!

Maman répond pour toi.

— Il s'est fait ça en forçant sur une bûche trop grosse! Ton père se prend pour monsieur Univers.

Elle fait des blagues, mais elle n'est pas contente. Ça l'inquiète beaucoup qu'à presque soixante ans tu te pousses à bout comme si tu en avais vingt. À table, je vous raconte les derniers détails palpitants de ma vie. J'ai vu une belette dans la maison. J'ai fait un cent quatre-vingts en voiture en poursuivant ma chienne et j'ai atterri dans le banc de neige. Elle s'enfuit sans arrêt. J'ai commencé mes semis, je vais avoir trop de tomates comme d'habitude. À un moment, vous vous obstinez un peu. Tu sembles pousser maman pour qu'elle aille faire une commission pour toi. Ça ne lui tente pas. Rien de grave, la routine. Elle ne sait rien.

Après dîner, tu t'installes sur ton *lazy boy* pour faire ta sieste habituelle. J'accompagne maman dans le bureau parce qu'elle veut me montrer un montage PowerPoint sur l'espoir avec des belles photos de l'Alaska que mon oncle Raymond lui a envoyé par courriel. Maman a toujours rêvé d'aller en Alaska. Après avoir regardé le montage, je retourne à la cuisine pour aller chercher mon iPod dans mon sac à main.

En jetant un coup d'œil au salon, je m'arrête, saisie. Tu es étendu sur le dos. Tu dors. Tu as les genoux un peu pliés et écartés. Tes pieds chaussés de tes bottes de travail brunes sont ouverts vers l'extérieur. Ton cure-dent tombe sur le bord de tes lèvres. Ta main droite, presque aussi large que longue, bouge, agitée par de petits réflexes de rêveur. Ton torse se soulève. À côté de toi, le poisson rouge obèse de maman s'énerve dans le gravier gris et orange qu'il y a au fond de son aquarium. Maman a mis de la musique et c'est *Famous Blue Raincoat* de Leonard Cohen qui emplit le salon. Les chats de maman dorment autour de toi. Corn Flakes le roux sur le divan. Cosette la tigrée sur le bras de ton fauteuil. Ti-Foin le noir sur le tapis à tes pieds.

Je te regarde dormir.

Je me souviens qu'hier il a fallu que tu te reposes en t'appuyant contre un arbre.

LA FRAGILITÉ DES PATTES D'ARAIGNÉE

Maman, j'ai longtemps cru que tu étais une fée. Parce que tu regardais avec amour tout ce qui était petit. Moi, bien sûr. Mais aussi, les écureuils, les oiseaux, les chats et les fourmis. Tu m'emmenais souvent en pique-nique dans les champs derrière chez nous ou sur la plage et nous passions des heures à observer les petits animaux. Tu leur offrais à tous ta délicatesse et ton respect. Aucun ne finissait broyé entre tes fines mains qui les laissaient se promener sur ta peau sans crainte. J'ai souvent observé un papillon posé dans ta paume ou une araignée à longues pattes qui escaladait nonchalamment ton bras de noix de coco. Je me suis déjà demandé d'où te venait ce pouvoir fragile. Celui d'inonder d'amour tout être vivant au point de te retrouver cassée par sa souffrance. Je t'ai déjà vue pleurer pour une souris mutilée par un chat qui en avait fait sa balle de laine. Et la semaine d'après, tu pleurais pour le chat qui se mourait de la morsure d'un chien. En ta compagnie, je me suis délectée du chant des cigales, j'ai organisé un enterrement en règle à une sauterelle et j'ai nourri un bébé rouge-gorge au compte-gouttes. Jamais un de nos animaux domestiques ne nous a quittés sans avoir son épitaphe. Tu connaissais tout le répertoire de Francis Cabrel par cœur et tu le chantais en pleurant. Je me souviens de ces images de toi, dormant en position fœtale sur le divan, le visage consterné par une douleur sans origine.

27

Puis un bon matin, tu as pris ta voiture et tu es partie. Toute la journée nous avons attendu ton retour, papa et moi. Lorsque tu es revenue à la maison, le soir, tu nous as avoué qu'en arrivant à la falaise, tu avais appuyé sur l'accélérateur pour te lancer dans le vide, mais qu'à la dernière minute tu avais donné un coup de volant parce que mon visage était apparu dans ta tête.

Le lendemain, tu as accepté d'aller voir un médecin. Il t'a prescrit des pilules. Ce soir-là, tu t'es endormie en me berçant sur le fauteuil du salon. Quand *Passe-Partout* s'est terminé, je n'ai pas réussi à te réveiller. J'ai regardé papa glisser doucement son bras gauche sous ta nuque et le droit sous tes genoux. Il t'a soulevée comme une petite fille pour t'emmener à ta chambre. Moi, je suis allée au lit toute seule.

Encore aujourd'hui, je me demande si tu n'aurais pas mieux fait de te jeter en bas de cette falaise. Pour moi, le poids de ta vie sera toujours trop lourd à porter.

FRUIT LOOPS

Nicole n'arrive pas à s'endormir. Il fait trop chaud dans la maison. À cause du chauffage au bois. Il y a quelques dizaines de minutes, Thomas a frotté son sexe durci entre ses fesses, a glissé son nez contre sa nuque en respirant trop fort. Le désir de Nicole a fait taire son irritation. Et, malgré le manque de subtilité de son mari, elle s'est retournée pour lui offrir son ventre et le laisser se déposer entre ses cuisses. Elle n'a pas pris de douche après. L'intérieur de ses jambes est collant. Il y a du sperme sur les draps. Elle ne les a pas changés. Elle s'est contentée de mettre une serviette par-dessus la tache. Elle se demande pourquoi la souillure se retrouve toujours de son côté du lit. Ses cheveux sont emmêlés derrière sa tête à cause des mouvements de va-et-vient. Sa peau lui démange, mais elle se retient pour ne pas se gratter, elle ne veut pas réveiller Thomas, pour ne pas qu'il la touche encore. Il dort en respirant bruyamment. À la limite du ronflement. Ça la rend folle. Elle passe de longues minutes d'appréhension à se demander à quel moment il va se mettre à ronfler pour de bon. Elle le déteste d'arriver à dormir. À quatre heures du matin, elle décide d'aller prendre une douche. Elle sait que c'est l'unique façon d'enfin trouver le sommeil.

Elle se lave en entier. Elle s'attarde longtemps sur son sexe pour se débarrasser complètement de l'odeur de sperme. Elle ne s'arrête que lorsque la texture visqueuse de ses lèvres est remplacée par celle lisse, presque sèche, d'une peau lavée par trop de savon. Elle sort, éponge son corps et retourne au lit. Enfin, elle peut s'endormir, alourdie par le calme de l'eau.

* * *

Lorsque le réveil sonne, à six heures et demie, elle a l'impression qu'on la frappe en plein visage. Ça lui donne envie de pleurer. Elle repousse l'édredon. Il fait froid. Le poêle s'est éteint pendant la nuit. Elle enjambe son mari pour sortir du lit. Thomas grogne. C'est un reproche. Elle se retient pour ne pas lui taper dessus.

Elle enfile des pantoufles et une chemise de nuit Tweety Bird en coton blanc presque transparente à force d'avoir été usée par les nombreux lavages. Elle se dirige vers la chambre de sa fille, elle n'arrive pas à lever les pieds pour marcher. Le plastique de ses semelles frotte contre le prélart pastel pas encore assez usé pour justifier l'achat d'un nouveau plancher. Il est laid. Les anciens propriétaires à qui ils ont acheté la maison avaient des goûts de merde. Dans son lit rose, Mathilde dort sur le ventre. Il faut la préparer pour l'école. Nicole dépose sa main sur les fesses de la petite et la caresse. L'enfant se tortille en faisant une moue ensommeillée.

— Tu vas être en retard à l'école, Mathilde.

— Mmmmmm...

— Lève-toi, mon cœur.

— Mmmmmmmmmm...

Elle tire les couvertures, glisse ses mains sous les aisselles de la fillette qui continue de gémir et la tire du lit pour la poser debout sur le tapis, le corps chancelant dans son petit pyjama rose aux motifs d'oursons. Elle se trouve cruelle d'imposer à sa fille la violence qu'elle-même vient tout juste d'endurer. Elle pense que personne ne devrait être obligé de se lever avant d'avoir ouvert les yeux tout seul. Les cheveux très fins de Mathilde sont à demi dressés sur sa tête à cause de la statique des draps. Elle se frotte l'œil avec la main droite alors que son bras gauche reste ballant le long de son corps comme si elle était trop épuisée pour actionner les deux. Nicole la soulève dans ses bras. L'enfant niche son visage dans le cou de sa mère qui prend une grande bouffée. Ça sent l'enfant ensommeillé. Elle adore cette odeur. Elle installe la petite à sa place habituelle autour de la table et dépose devant elle un bol de Fruit Loops et une banane en rondelles. Mathilde mange en silence. On entend la cuillère tinter contre le bol Elmo. On entend la machine à café qui crachote son liquide brun et réconfortant. Le bruit du quotidien.

Adossée contre le comptoir, Nicole regarde par la fenêtre la neige qui tombe sur le ciel encore sombre. Parfois une bourrasque agite les flocons. Ils ont l'air vivants. Ils réagissent au vent en s'enfuyant de concert. Comme un banc de poissons affolés. Aujourd'hui, elle ira au centre-ville pour les courses de Noël.

L'enfant repousse son bol de céréales. Deux ou trois anneaux colorés oscillent encore à la surface du lait qu'elle n'a pas fini de boire. Elle attrape un morceau de banane et en prend une bouchée du bout des dents. Elle le mâchouille tranquillement, avec si peu d'appétit qu'on la croirait prête à le recracher à tout moment.

— Force-toi pas si t'as pus faim. Viens, on va aller t'habiller.

Nicole tend la main vers celle de sa fille. Toutes les deux ont de longs doigts effilés. Seulement, ceux de l'enfant sont d'un modèle plus petit que ceux de la mère. Mathilde laisse glisser son petit derrière contre la chaise de bois verni jusqu'à ce que ses orteils atteignent le sol. Puis elle et Nicole se dirigent côte à côte dans le corridor vers sa chambre de princesse, leurs semelles de plastique traînant en duo.

— As-tu envoyé ma lettre au père Noël?

— Non, maman l'a pas encore envoyée. Mais maman a affaire en ville aujourd'hui, elle va acheter des timbres pis la poster en même temps.

Dans la chambre, Mathilde, assise sur le lit, observe sa mère qui lui cherche des vêtements chauds. Elle distingue la forme de ses courbes à travers la chemise de nuit usée. Nicole a un beau corps. Mathilde se rappelle la toison sombre et frisée de sa mère ainsi que ce qui se cache au milieu de rose et de lisse. Elle voit souvent cet endroit lorsqu'elles prennent leur bain ensemble, elle aime le scruter.

— Maman?

— Oui, mon cœur?

— Matante Sylviane m'a demandé l'autre jour si j'étais une princesse.

— Qu'est-ce que tu y as répondu?

La fillette appuie son index contre sa bouche.

— Chuuuuuuuut.

— T'as bien fait, c'est notre secret. Mais, tu sais, j'me demande si t'es vraiment une princesse, Mathilde.

— Comment ça?

— En fait, maman pense que t'es plus la reine des Amazones.

— C'est quoi ça?

— C'est des princesses guerrières, ma chouette. En plus d'être belles pis intelligentes, elles sont capables de se défendre sans prince.

— Mais j'en veux un, moi, un prince!

— Tu peux en avoir un quand même, c'est juste que t'auras pas besoin de lui. Qu'est-ce que tu penses de ça, un chandail de Tinker Bell avec tes jeans de motarde?

— J'aimerais mieux ma jupe mauve.

La petite lève les bras, et Nicole lui enlève son pyjama.

— Tu vas avoir froid, Mathilde, c'est l'hiver.

— Pas si je mets mes collants en laine rose.

— L'autre jour, tu m'as dit que ça piquait trop, les collants en laine, pis que t'avais toujours le fond de culotte entre les genoux.

— Ça m'dérange pas.

— Coudonc, princesse, y me semble que tu insistes pas mal pour être cute aujourd'hui... Y aurait-tu un tit chum dans l'paysage ?

La petite lève un pied après l'autre pendant que sa mère lui enfile les collants. Puis Nicole tire tellement fort vers le haut que les pieds lui lèvent de terre.

— Pas un tit chum, un prince.

— Wow ! J'savais pas qu'y avait des princes à Val-Rouge !

— Le mien, c'est le prince des Coyotes rock'n'roll !

Nicole regarde sa fille un temps sans parler. Elle sourit.

— J'suis certaine que c'est toi qui l'as baptisé de même.

— Oui.

* * *

Nicole se tient debout à côté de la fenêtre du salon. Elle regarde entre les rideaux sa fille qui monte dans l'autobus. Elle essaie de voir sans être vue. Mathilde n'aime pas qu'on la surveille.

— Tabarnak !

Thomas surgit du corridor en boxer, torse nu. Nicole remarque qu'il a encore pris du ventre. Il est en colère. Il cherche quelque chose dans le salon.

— Qu'est-ce qu'y a ?

Il s'agenouille par terre et tend la main sous le divan, il attrape la queue du chat.

— Ton crisse de chat a encore pissé dans mes pantoufles!

Pendant qu'il tire Nabob de force, Nicole détourne la tête. Elle entend les griffes de la bête paniquée qui essaie de s'accrocher au tapis, puis les pas de son mari qui s'éloignent vers la chambre à coucher.

— Qu'est-ce t'as fait là! Hein! Qu'est-ce t'as fait là, maudit chat!

Elle sait que Thomas est en train de frapper Nabob sur la tête. Il revient en marchant sur les talons. Il tient le chat par-dessous les pattes de devant. Il le lance dans le salon. Elle soupire, se dirige vers l'animal qui s'est ramassé sur lui-même et le caresse pour le rassurer.

— C'est ça, flatte-le! Y va penser qu'y a ben faite pis y va recommencer, l'câlisse!

Nicole ne répond pas. Elle va se préparer pour sortir.

Elle est en train d'enfiler ses bas de nylon lorsque Thomas entre dans la salle de bain, tout habillé et prêt à partir. Il l'attrape par la taille. Elle se relève et s'appuie contre son torse. Elle sent son ventre au travers de sa chemise qui remplit le creux de son dos. Il l'embrasse dans le cou, prend une grande inspiration. Il lève la tête pour regarder leur reflet à tous les deux dans le miroir et lui chuchote à l'oreille.

— Ostie qu't'es belle, ma fée!

Elle lui sourit. Elle l'aime. Mais parfois, lorsqu'elle apprend aux nouvelles qu'une femme a été assassinée, elle a peur qu'il soit le meurtrier. Comme l'été passé, quand ils ont retrouvé le corps de la jeune fille sur le bord de la rivière Rouge. Elle craignait que Thomas l'étouffe dans son sommeil ou la poignarde dans la douche. Elle ne sait pas pourquoi. C'est ridicule.

— Bonne journée, ensorceleuse!

— Bonne journée, bel homme.

La clef de Thomas tourne dans la serrure. Elle entend sa voiture démarrer dans la cour. Elle fixe toujours le miroir. Elle remarque une nouvelle ride à droite de sa bouche. Une ride d'insatisfaction ou de jugement. Elle a souvent vu, sur le visage de femmes dans la mi-trentaine, des traces de désir au coin des lèvres. Elle les a toujours associées au fameux baiser que porte la mère de Wendy dans Peter Pan. Elle les envie. Elle imagine le nombre d'orgasmes qui a dû les renverser pour en arriver à creuser un sillon dans leur peau. Elle n'a jamais eu d'orgasmes avec Thomas. Elle ne lui fait pas confiance. Elle se demande s'il est trop tard pour elle. Si elle a encore une chance d'avoir un jour sur son propre visage la trace des plaisirs accumulés. Elle agrafe son soutien-gorge. Il est noir, avec des pois et de la dentelle rouge. Elle boutonne sa chemise de soie qu'elle a mis une demi-heure à repasser. Elle se rappelle que sa mère est morte depuis cinq ans. Sa mère avait un don pour repasser les chemises de soie. Son manteau d'hiver est dans la garde-robe du sous-sol, ses bottes sont sur le tapis de l'entrée. Elle va commencer par le manteau.

Sur le seuil, elle s'assure qu'elle a bien ses clefs de maison ainsi que son téléphone cellulaire. Elle jette un œil à l'horloge : huit heures trente-quatre. Si elle ne se dépêche pas, elle va manquer l'autobus. La porte se referme. La maison est vide.

* * *

À dix heures dix-huit, un oiseau vient se poser sur la mangeoire à côté de la fenêtre de la cuisine. C'est une mésange. À dix heures quarante-cinq, une Hyundai Elantra bourgogne entre dans la cour de leur bungalow de briques roses, mais elle recule aussitôt. La conductrice s'était trompée de chemin. À midi trois, le facteur dépose dans la boîte aux lettres : une facture d'Hydro-Québec, un dépliant de chez Amir Pizza et une carte postale de la tante Sylviane qui est partie dix jours en République dominicaine. Sur la carte postale, il y a une plantation de manguiers. À quatorze heures cinquante-trois, le voisin retraité Raymond Boudreau dont l'arrière-grand-père est né aux Îles-de-la-Madeleine installe ses lumières de Noël. Ce sont les nouvelles lumières écoénergétiques de chez Canadian Tire. À seize heures douze, un groupe d'enfants qui revient de l'école à pied passe devant la maison. Parmi eux, le prince des Coyotes rock'n'roll, mais pas Mathilde, qui est à la garderie en attendant que son père aille la chercher en revenant de chez Ménard et associés, comptables agréés. « Ménard », ce n'est pas lui. Lui, c'est « associés ». À seize heures quarante-deux, Nabob pisse dans les souliers de sport de Thomas. Il aurait préféré les pantoufles, mais elles sont au lavage.

À dix-sept heures trente-trois, lorsque Thomas stationne son Santa Fe dans la cour, il se prépare à raconter sa journée de merde à Nicole. Il a déjà sa première phrase toute prête dans sa tête. « Rappelle-moi de pus jamais prendre d'ostie d'artistes travailleurs autonomes pelleteux de nuages de crisse comme clients ! » En ramassant le pack sac rose de Mathilde sur le banc d'en arrière, il imagine comment il va lui expliquer qu'il a passé une heure et demie dans son bureau à essayer de faire comprendre à un crisse d'auteur comment gérer ses impôts en tant que travailleur autonome, et qu'au bout du compte le con est parti en ayant l'air de n'avoir toujours rien saisi. Puis il va chier sur sa secrétaire, Marise, qui est trop conne pour prendre des rendez-vous correctement.

En ouvrant la porte, il ouvre aussi la bouche, mais il la referme immédiatement parce qu'il ne voit pas les bottes de Nicole dans l'entrée. Elle n'est pas arrivée.

Elle avait pourtant dit à Thomas qu'elle ramènerait à souper. Du général Tao. Mathilde contourne ses jambes pour se laisser tomber sur le tapis et tirer sur ses bottes d'hiver de toutes ses forces. Sa tuque lui tombe sur les yeux. Elle a chaud. Elle se plaint. Thomas soupire, se penche et enlève les bottes de l'enfant sans lui laisser le temps de courber les orteils.

— Outch !

— Câlisse, Mathilde, arrête de t'plaindre !

La petite se relève. Passe la main sur ses yeux et pousse sa tuque en même temps pour qu'elle lui tombe de la tête. Elle la laisse traîner sur le prélart pastel ainsi que son manteau et ses mitaines. Elle tire sur ses collants pour les remonter. Elle agrippe son sac à dos et le laisse glisser derrière elle jusqu'à la table. Elle s'installe pour faire ses devoirs avant le souper parce que Nicole l'exige. En déposant son cahier Canada sur la table, elle voit une enveloppe sur laquelle il est écrit : père Noël, pôle Nord, HOH OHO.

— Maman a pas emmené ma lettre pour la poster au père Noël !

Thomas ne répond pas. Il n'a même pas entendu. Il a allumé la télé à LCN.

À dix-huit heures deux, Thomas est irrité. Il essaie une première fois d'appeler sur le cellulaire de Nicole. Il se prépare un ton sévère, mais Nicole ne répond pas. Mathilde se plaint qu'elle a faim. Il va voir dans le garde-manger. Il ne trouve rien de mieux à donner à la petite que des chips au ketchup pour la faire patienter.

À dix-neuf heures douze, Thomas a les dents serrées, ses tempes lui font mal. Il essaie une deuxième fois le cellulaire de Nicole. Toujours pas de réponse. Mathilde se plaint à nouveau qu'elle a faim. Thomas lui fait cuire des Ramen. Il lui sert les nouilles avec des cubes de fromage et des morceaux de concombre dans une assiette à côté. Il se fait quatre hot-dogs avec du pain en tranches et des saucisses Lafleur décongelées. Il met trop de mayonnaise.

À partir de vingt heures, Thomas fait sonner le cellulaire de Nicole sans arrêt. Mathilde regarde son père. Elle sent que quelque chose ne va pas. Elle prend Nabob dans ses bras.

À vingt heures trente et une, Thomas commence à être inquiet. Il emmène Mathilde se coucher. Il met un verre d'eau à côté du lit, embrasse sa fille sur le nez et serre les couvertures tout autour d'elle comme une petite momie. Il lui dit :

— Je t'aime, ma princesse, fais des beaux rêves.

— J'suis pas une princesse, j'suis une amazone.

Thomas ne comprend pas, il éteint la lumière.

À vingt et une heures vingt, Thomas n'a pas cessé d'appeler sur le cellulaire de Nicole. Aucune réponse. Il pense pour la première fois à aviser la police.

À vingt-deux heures, Thomas rejoint deux ou trois amies de Nicole. Personne ne l'a vue. Il appelle aussi chez Sylviane, il ne se souvient pas qu'elle est en République dominicaine.

À vingt-deux heures quarante-trois, Thomas décide qu'à vingt-trois heures, il va avertir la police s'il n'a toujours pas eu de nouvelles, mais la clef tourne dans la serrure. Nicole entre dans la maison. Il s'élance vers elle et la prend dans ses bras. Elle se laisse faire.

— Nicole ! Tabarnak que j'ai eu peur, t'étais où ?

Nicole ne répond pas, elle va dans la chambre de Mathilde et s'assoit sur le bord du lit. Elle dépose sa paume sur la joue de la petite. Ce geste qu'elle a fait si souvent pour l'aider à s'endormir. Elle caresse ses cheveux, prend sa main et la regarde longtemps en touchant chacun des doigts avec son pouce. Elle ressort de la chambre, Thomas l'attend derrière la porte. Elle s'arrête devant lui et se décide à lui parler :

— J'ai failli jamais r'venir.

LES BERGERS BELGES

C'était une fin d'avant-midi ensoleillée de juin à la Tartigou. Deux ombres grises se tenaient près de l'eau. Deux bergers belges occupaient la petite plage en pente rocailleuse. La femelle buvait à même la rivière tout en secouant les poils de son dos pour éloigner les moustiques déjà très nombreux à cette heure. Le mâle, beaucoup plus imposant, était couché près du rond de feu, appuyé sur ses pattes de devant, la tête aux aguets. Ils étaient seuls. Pas de maître pour les caresser ou les réprimander, pas non plus de maître pour les nourrir et les ramener à la maison.

Vers midi, une femme et ses deux enfants sont arrivés par le sentier difficile qui descend de la route. Le petit garçon, il devait avoir environ huit ans, passait en premier. Sa mère et sa petite sœur suivaient plus loin derrière. Quand les chiens ont entendu les bruits de pas et le babillage des enfants, ils se sont redressés et se sont plantés devant la sortie du sentier, barrant ainsi le passage vers la plage et la rivière. Le gamin qui courait, poursuivi par un taon, s'est immobilisé d'un coup en voyant les bêtes.

Elles ne montraient pas de signes d'hostilité, mais se tenaient bien droites, l'une derrière l'autre, sans branler de la queue, sans l'air naïf de ces chiens qui raffolent de la présence humaine et sautillent en souriant dès que de la compagnie s'amène. Elles étaient méfiantes et l'enfant le sentait. Après avoir observé les chiens quelques instants, il s'est penché, a appuyé l'une de ses mains contre ses genoux fléchis, a avancé l'autre dans leur direction et il a fait le son du baiser que l'homme émet pour appeler la bête. Il frottait son pouce contre ses doigts, comme lorsqu'on attire un animal en feignant d'avoir quelque chose à manger dans la main. La femelle, plus craintive, a reculé en retroussant ses lèvres sur ses crocs. Le mâle est demeuré immobile. Comme le gamin insistait et avançait de plus en plus vers lui, il a consenti à renifler la paume tendue. Enhardi par cette confiance, l'enfant a tenté de caresser la tête du chien qui a reculé en laissant surgir du fond de sa gorge un grondement menaçant. L'enfant s'est redressé et, maintenant que le chemin était libre, s'est dirigé vers la rivière, a enlevé chaussures et chaussettes pour y mettre le pied et tester la température de l'eau. Lorsque sa mère a débouché du sentier en tenant sa petite sœur par la main, les bergers belges se sont réfugiés derrière le rond de feu, sans agressivité. Le mâle s'est assis sur ses pattes de derrière, et la femelle est demeurée debout derrière lui, la queue basse.

— C'ta qui, c'tes chiens-là?

— J'sais pas, y étaient là quand j'suis arrivé pis y avait personne d'autre!

— Approchez-les pas, ils sont peut-être mauvais!

La femme a hésité un instant puis, voyant que les chiens ne bougeaient pas, a déposé ses sacs par terre, en a sorti une grande couverture qu'elle a déployée sur le gravier. Elle a ramassé un pot de crème solaire et a tendu la main vers la petite fille, qui ne devait pas avoir plus de quatre ans.

— Viens icitte, Sabrina, que j'te crème!

La fillette, qui n'avait pas bougé depuis qu'elle était arrivée, occupée par la contemplation de ces deux énormes bêtes qui ressemblaient au Sinistros dans *Harry Potter*, s'est réveillée tout d'un coup et s'est dirigée vers sa mère. En moins de trente secondes, sa mère lui a enlevé son t-shirt en le passant par-dessus sa tête, ébouriffant ses cheveux châtains au passage, et son short s'est retrouvé par terre, entraîné par la tornade d'efficacité maternelle. La petite avait un maillot de bain rose avec des motifs de pouliches et une jupette mauve. Elle tentait de se tenir immobile, les fesses et le ventre sortis, mais perdait sans cesse l'équilibre sous les gestes empressés de sa mère qui la crémait sans ménagement. Puis, après lui avoir enfilé des flotteurs de Dora l'exploratrice, elle l'a poussée vers l'eau en lui tapotant le derrière et s'est retournée vers son grand frère en lançant d'une voix qui ne tolérerait aucune réplique :

— C'ta ton tour, William !

Le gamin a plissé le nez, mais après avoir rejeté dans la rivière le têtard qu'il venait d'attraper, il s'est dirigé vers sa mère, les oreilles basses. Il savait d'expérience que sa mère s'acharnait comme un chien sur un os dès qu'il s'agissait de crème solaire, de casque de bicyclette ou de sirop Lambert. Toute tentative de fuite était inutile et se solderait par une punition horrible comme ne pas pouvoir jouer à la Wii pendant une semaine ou renoncer à sa soirée de camping avec son cousin Justin. Elle a donc enduit son fils avec aussi peu de douceur que pour sa précédente victime. Mais plutôt que de se contenter de garder son équilibre, il se plaignait d'une voix dont la révolte perçait à travers les aigus.

— Adyoye donc ! Tu m'as pincé !

ou

— Tu m'fais mal, m'as m'plaindre à Dépégie !

À chacune de ses exclamations, sa mère redoublait d'ardeur. Rien ne pouvait ébranler sa concentration ni troubler cette rassurante certitude :

— L'été, on met de la crème solaire aux enfants et on n'oublie pas le moindre racoin. C'est comme ça pis c'est toute !

Le garçon a poussé son cri de grâce lorsque sa mère lui a écrabouillé l'oreille gauche entre ses doigts visqueux. Puis elle l'a relâché et, les dents serrées, il est allé se réfugier dans la rivière en retenant ses larmes. La femme a rangé la crème solaire dans le sac, puis s'est affairée à plier les vêtements de sa progéniture. Ensuite, elle s'est installée pour poursuivre la lecture de *Dans les bras de l'héritier Stanrakis*, mais a jeté un coup d'œil à ses rejetons avant de se plonger dans son émouvante histoire. Son fils avait déjà oublié sa douleur et pataugeait dans l'eau, à la recherche de petits êtres vivants à tourmenter. La petite, quant à elle, n'était pas dans la Tartigou.

La mère a balayé la plage du regard et s'est figée lorsqu'elle a aperçu sa fillette à deux pieds des chiens. Le mâle la dominait d'une tête. Plus en avant, il s'était relevé, aux aguets, prêt à réagir. La femelle avait reculé et montrait ses crocs en grondant. L'enfant ne bronchait pas, debout devant les chiens, le ventre et les fesses sortis de plus belle, elle s'est écriée d'une voix où l'on pouvait encore percevoir les éclats du nourrisson :

— Assis !

Les chiens ont sursauté et ont piétiné sur place comme s'ils s'étaient sentis tiraillés par quelque chose d'invisible. La petite a répété ses paroles sur un ton sévère en imitant du mieux qu'elle pouvait celui des adultes.

— Assis !

Cette fois, la croupe du mâle n'a pas pu résister et s'est plantée dans le sol, presque contre sa volonté. Aussitôt, la femelle a imité son compagnon.

Fière de cette victoire, la petite a lancé un deuxième ordre.

— Dogne la patte !

Le chien s'est exécuté en posant sa grosse patte molle dans la minuscule main tendue. N'arrivant plus à retenir sa fierté, la petite s'est mise à applaudir en s'exclamant :

— Bravo, le chien !

Heureux de cet enthousiasme, le chien a branlé de la queue et a bondi de joie devant la petite personne qui lui avait redonné un peu de son appartenance à l'humain. La mère, qui se méfiait des bêtes inconnues presque autant que des rayons UV, s'est détendue, soulagée. Le mâle s'est penché vers la fillette et lui a léché le visage de bas en haut. Elle a éclaté de rire en s'essuyant du mieux qu'elle pouvait du revers de la main puis a déposé celle-ci sur la tête du chien pour le caresser.

— Doux, doux, le chien.

Immobile, il s'est laissé faire. La femelle, toujours à l'écart, agitait la queue, mais n'osait pas s'avancer vers eux. Dès que William s'est rendu compte de la scène qui se jouait sur la grève, il a eu envie d'y prendre part.

— Haaaan ! Sab, t'as réussi à le flatter, chanceuse !

Il est sorti de l'eau et s'est avancé, dégoulinant vers sa petite sœur et les chiens. Il s'est approché de la femelle qui a d'abord hésité, puis a décidé de demeurer sur place.

— Assis !

La chienne a obtempéré, mais lorsque le gamin a étiré sa main pour la caresser, elle s'est redressée sur ses pattes et a reculé de quelques mètres. Il a haussé les épaules et est allé se joindre à sa petite sœur pour cajoler le mâle. L'animal se laissait faire, léchant les mains qui l'assaillaient, donnant la patte alors même qu'on ne la lui demandait même plus. William s'est retourné vers sa mère juste au moment où, *venant de sauver Doreen Lemieux d'une mort certaine, Dimitri Stanrakis s'apprêtait à plaquer ses lèvres contre les siennes*

sans ménagement pour la punir d'avoir été si téméraire, et
a hurlé :

— M'man, on a-tu quelque chose à leur donner ?

Sursautant, elle a abandonné le riche et sensuel
héritier grec pour répondre :

— J'ai rien que des chips pis des sandwichs, pis on
leur en donnera pas tant que vous aurez pas mangé.

— J'ai faim !

La mère a soupiré, laissé tomber à contrecœur sa
lecture et entrepris de déballer le pique-nique qu'elle
avait apporté. Les enfants ont accouru pour s'asseoir
en Indien sur la couverture et attendre qu'on les
nourrisse. Elle a sorti d'abord des paquets de papier
d'aluminium qu'elle a dépliés pour en dégager des
sandwichs aux œufs et au jambon dont le pain avait
pris un forme curieuse, la croûte repliée, les tranches
déplacées et laissant entrevoir la viande par endroits, le
mélange aux œufs sortant par les côtés sous la pression
et les nombreuses manipulations. Ensuite, elle a attrapé
des boîtes de jus de raisin et enfin un énorme sac
de croustilles au ketchup ondulées en vrac qu'elle a
éventré et déposé au milieu de la couverture. Puis elle
s'est adressée à Sabrina :

— Œuf ou jambon ?

— Jambon !

— Moutarde ou pas de moutarde ?

— Moutarde !

Elle lui a tendu la moitié d'un sandwich.

— J'la veux toute !

— Commence par manger ça pis tes chips, on
verra après si t'as encore faim !

Lorsqu'elle s'est retournée vers William, il était
déjà en train de finir la deuxième moitié de son
sandwich aux œufs tout en gardant une main dans
le sac de chips pour en engloutir une poignée entre
chaque bouchée. Sa mère a donc pris un sandwich-au-

jambon-pas-de-moutarde et a entrepris de le manger. La petite a terminé tranquillement sa première moitié en buvant de petites gorgées de jus de raisin. Elle a ramassé quelques croustilles, s'est levée d'un bond et s'est mise à tourner autour de la couverture en chantonnant «Y avait des crocodiles», mangeant d'une main et buvant de l'autre.

— T'es étourdissante, Sabrina, assis-toi pour finir de manger!

— J'ai fini!

Dès qu'il a entendu ces paroles, William a ramassé la moitié de sandwich qui restait et a couru vers les chiens.

— William, attends menute, ta sœur a pas fini de manger!

— Mais a vient de dire qu'a l'a fini!

— Sabrina, es-tu sûre que t'as pus faim? Maman trouve que t'as pas mangé ben ben!

La petite, aussi emballée que son frère à l'idée de nourrir les chiens, s'est exclamée:

— Non, j'ai pus faim, j'ai trop mangé de chips! William, donne-moi-z'en la moitié!

— C'est moi qui a eu l'idée!

— William, donnes-en la moitié à ta sœur, y a deux chiens, prenez chacun votre chien pis donnez-leur-z'en chacun une moitié!

Le gamin a fait mine de ne pas entendre.

— William, si t'es pas fin avec ta sœur, t'iras pas chez ton cousin!

Saisi par la menace, il a déchiré le sandwich et en a tendu la moitié à sa petite sœur qui s'est dirigée en gambadant vers la femelle.

Les chiens, affamés, ne se sont pas fait prier pour obéir à toutes les exigences des deux gamins. Ils se sont assis, ont donné la patte et se sont couchés sans hésiter. Leur éducation n'ayant pas été parfaite, ils sont demeurés un instant perplexes devant les ordres répétés de «fais le mort» et «donne un bec». Les enfants ont tout de même été satisfaits de leur performance et ont offert leur maigre pitance aux bêtes qui ont avalé sans mâcher.

Évidemment, cela ne suffisait pas, alors les gamins, après avoir convaincu leur mère qu'il avait trop chauffé au soleil, ont offert la totalité du dernier sandwich-au-jambon-pas-de-moutarde à leurs nouveaux compagnons de jeu. Reconnaissants, les animaux se sont laissé cajoler jusqu'à ce que les enfants se lassent et se jettent dans la rivière. À la surprise générale, les chiens ont suivi le mouvement et se sont mis à nager avec les enfants, pour se rafraîchir, mais aussi pour se débarrasser des mouches noires et maringouins qui devenaient de plus en plus harcelants. Les regarder nager avait quelque chose d'apaisant, ils évoluaient doucement à la surface de l'eau, sans faire la moindre éclaboussure comme des alligators velus. Mais ils étaient plus distants dans l'eau, dessinant des courbes et des détours chaque fois que William ou Sabrina tentaient de s'approcher d'eux.

Dérangée par un bruit de moteur, la mère leva les yeux de son roman d'amour.

— Y a du monde qui arrive…

Deux sons différents se distinguaient l'un de l'autre : celui aigu et grinçant d'une moto-cross et celui ronronnant et sourd d'un quatre-roues. Le vacarme s'est éteint dans le boisé derrière la petite grève et William a fait la moue, déçu de ne pouvoir apercevoir les engins qui arrivaient. On a entendu des voix masculines qui échangeaient, mais les paroles étaient inintelligibles. Puis l'un des deux hommes est parti d'un gros rire franc. Les pas mélangés au craquement des branches se sont rapprochés. La posture de la mère était plus tendue. Bien qu'elle eût l'habitude de croiser du monde dans cet endroit très fréquenté par les gens de la région, elle préférait être toute seule avec ses enfants ou côtoyer une autre jeune famille. Mais deux hommes seuls, c'était toujours un peu inquiétant. Puis ils ont débouché du sentier. Le premier était petit, mince et bronzé avec un ventre un peu rond et des cheveux figés qui ressemblaient à ceux d'un jouet Playmobil. L'autre était plus grand, gros et portait un chapeau de cow-boy. Son torse était beaucoup trop large pour ses longues jambes. Les deux avaient retiré leur chandail, dévoilant un corps sans poils pour le petit et une toison velue pour le gros. Leurs bruits de pas étaient accompagnés du son des bouteilles de bière qui se cognent les unes contre les autres dans une caisse.

Les chiens, qui avaient été alertés par l'arrivée des hommes, étaient sortis de l'eau en s'ébrouant à plusieurs reprises. Ils se sont avancés d'un pas beaucoup plus confiant que quelques heures plus tôt pour accueillir les nouveaux arrivants. Après les avoir gratifiés de quelques caresses, le gros s'est tourné vers la femme.

— C'tu à toé, c'tes beaux chiens-là?

— Non, y étaient icitte tu seuls quand on est arrivés pis y sont restés avec nous autres toute l'après-midi…

— J'ai jamais vu ça par icitte, c'tes chiens-là, j'me demande c't'à qui… T'as-tu déjà vu ça, toé, c'tes chiens-là, Roger?

— Non… Ça doit pas être à quelqu'un de par icitte…

— En tout cas, y sont fins. Y étaient un peu malins au début, mais y ont fini par jouer avec les enfants toute l'après-midi.

— Ah ben… C'est teutc ben quelqu'un qui les a laissés icitte pour s'en débarrasser. Ça arrive des fois, loin de même…

— Ouin... En tout cas, j'espère que non, des beaux chiens de même, pis fins en plus, ça serait dommage en maudit...

— Ouin, c'est vrai... Hum... Bon, ben, j'pense qu'on va aller s'baigner avant de s'faire manger par les mouches...

— Ouin, allez-y! Y commence à y en avoir pas mal!

Après s'être décapsulé des bières, les hommes sont descendus dans la rivière et sont restés à l'écart en parlant bas. Les enfants ont continué à s'ébrouer dans l'eau, tantôt chassant les petits poissons, tantôt s'inventant des histoires de pirates, de sirènes ou d'exploration sous-marine. L'après-midi s'est écoulé doucement, les uns côtoyant les autres sans jamais vraiment se mélanger.

Lorsque les bestioles ont eu raison du charme dévastateur de Dimitri Stanrakis et que le livre s'est refermé, la sonnette maternelle a retenti :

— Les enfants, y a trop de bebittes, on s'en va!

À travers les protestations déchirantes – j'veux pas m'en aller! – et les faux sanglots – bouhou hou hou, heuheu, heuheu, heuheu! –, la mère a ramassé ce que sa marmaille avait éparpillé tout le long de la petite plage de cailloux : lunettes de plongée Spiderman, flotteurs de Dora, sac de croustilles au ketchup, boule de papier d'aluminium. Elle a empilé le tout sans se préoccuper du désordre, car les moustiques de plus en plus voraces commençaient à la rendre folle. Les enfants ont été habillés sans avoir même le temps de s'en rendre compte. Sabrina, debout près du gros mâle, pleurait de plus belle. Le chien, gauche et interloqué, tentait de la distraire en collant son nez humide contre son oreille. Mais la petite restait plantée là, concentrée sur son désespoir, les yeux fermés en s'essuyant le nez avec son avant-bras. Sa mère l'a attrapée par la main et l'a tirée sans ménagement.

— Viens-t'en, Sabrina, les mouches vont te manger tout rond !

— J'veux pas m'en aller !

— On va r'venir la semaine prochaine !

— Mais les chiens s'ront pus là !

— C'pas grave, on en a trois chiens à maison !

— Mais c'est pas pareil !

— Sabrina, maman va se fâcher, là !

La réplique n'était plus possible, parce qu'une maman fâchée, Sabrina le savait d'expérience, c'était pire que Voldemort. Sans arrêter de pleurer pour autant, elle s'est laissé guider le long du sentier vers l'endroit où était stationnée la voiture. William, quant à lui, suivait sans protester car le départ de la Tartigou signifiait qu'il allait bientôt rejoindre son cousin sur la ferme de son oncle pour camper. Les deux chiens les suivaient. Lorsqu'ils sont arrivés en bordure de la route, ils ont croisé deux jeunes adultes dans la trentaine.

La jeune femme brune portait une robe soleil bleu turquoise avec de minuscules petites fleurs. Elle traînait sur son épaule un sac en bandoulière et une énorme sacoche dorée. Ses lunettes de soleil à monture blanche étaient deux fois trop grosses pour elle et recouvraient la moitié de son visage. L'homme qui l'accompagnait tenait en laisse une petite chienne qui lui arrivait aux genoux à la couleur incertaine oscillant entre le blanc, le jaune et le brun bouette. Il était châtain, avait des yeux gris-vert légèrement rapprochés et se déplaçait le torse bombé avec un air sévère. Le couple fut impressionné par les magnifiques bêtes qui accompagnaient la petite famille. La chienne blanche bondissait de fébrilité, grondait et geignait pour pouvoir approcher les deux autres, mais son maître la tenait serrée comme s'il s'agissait d'un devoir de la plus haute importance. Une chose grave. La jeune femme s'est exclamée :

— Jonathan, laisse Praline les approcher. Sinon, elle va devenir agressive !

— O.K., Gab !

Il a obtempéré avec humeur et a lâché la laisse télescopique qui s'est déroulée au maximum. Les trois bêtes réunies se sont reniflées, ont grondé et montré un peu les crocs, puis elles se sont mises à fraterniser et à jouer ensemble avec l'agressivité un peu inquiétante des chiens qui s'amusent. Gabrielle, fascinée, s'est adressée à la petite famille :

— Sont-tu à vous, ces chiens-là ?

La mère a répondu :

— Non, y étaient icitte quand on est arrivés à midi pis y ont passé l'après-midi avec nous autres.

— Vous savez pas c't'à qui ?

— Ben non, y avait personne d'autre quand on est arrivés.

— Sont tellement beaux, j'me demande c'est quelle race !

— J'pense que c'est des bergers belges...

— Ah, j'connais pas c'te race-là... Y ont l'air sauvages !

Cette fois, William a répondu, fier de pouvoir participer à une conversation d'adultes :

— Ben non, pas pantoute ! Ils doivent appartenir à quelqu'un certain parce qu'ils comprennent quand on leur dit « assis » pis « donne la patte » ! Y ont joué avec nous autres toute la journée !

— Eh ben, c'est bizarre quand même, deux beaux chiens de même, tu seuls dans l'bois... Bon, ben, nous autres, on va aller se jeter dans l'eau avant de se faire manger par les mouches !

— Ouin, il commence à y en avoir pas mal, c'est pour ça qu'on s'en va...

— Bon après-midi !

— Oui, vous aussi, là !

La petite famille s'est empressée de grimper dans la voiture et les jeunes gens se sont dirigés vers la rivière. Jonathan a passé en premier, tiré par Praline qui poursuivait la femelle sur le sentier. Gabrielle suivait un peu plus loin derrière, accompagnée du grand mâle silencieux. La jeune femme n'arrivait pas à détacher son regard de la bête :

— J'en reviens pas comment ils sont beaux, ces chiens-là. On dirait des loups ou je sais pas quelle bête sauvage. Ils sont tellement intrigants !

— C'est vrai qu'ils sont beaux en maudit pis c'est vraiment bizarre qu'ils soient tout seuls ici.

— Aaaaargh ! Y a donc ben d'la mouche !

Exaspérée, elle s'est mise à courir en faisant des moulinets désordonnés avec ses bras. Elle a dépassé Jonathan et Praline, est arrivée sur la petite grève, a passé sa robe par-dessus sa tête et s'est jetée dans la rivière. Réalisant qu'elle avait oublié un détail important, elle est revenue vers son sac, s'est décapsulé une bière et est retournée dans l'eau. Elle ne tenait pas à être vue en bikini par les deux hommes qui se baignaient un peu plus loin. Elle a immergé sa tête en maintenant sa précieuse bouteille à la surface. Avec les cheveux mouillés, elle risquait moins de se faire dévorer. Puis elle s'est retournée vers les motards et s'est écriée :

— Bonjour !

Roger, qui la connaissait un peu, a répondu :

— Bonjour !

Jonathan est arrivé quelques minutes après et a attaché Praline à travers les branches en marmonnant :

— Dans deux minutes, est pognée comme une conne, c'est sûr...

Puis il s'est dévêtu à son tour et est allé rejoindre Gab dans l'eau en lui souriant avec tendresse. Il l'a soulevée dans ses bras et l'a promenée dans la

51

rivière tout en appuyant ses lèvres sur son cou. Elle se laissait faire, les yeux fermés, le corps alangui. Mais les jappements de Praline l'ont ramenée à la réalité. La chienne avait coincé sa chaîne dans les branches et n'arrivait plus à atteindre l'autre femelle qui l'asticotait. Le mâle s'est dirigé vers elle et a fait mine de lui grimper dessus. Roger, un peu inquiet, s'est exclamé :

—L'avez-vous fait opérer ?

Le couple a répondu en chœur :

— Oui !

Puis Jonathan a renchéri :

— Il peut ben zigner s'il veut, mais ça agrandira pas la famille !

Tout le monde a éclaté de rire sauf la jeune femme, inquiète, qui regardait sa chienne se faire tourmenter par les bergers belges. Les deux motards ont quitté la rivière pour se sécher. Leurs gestes étaient entrecoupés par les coups qu'ils se donnaient un peu partout sur le corps pour tuer les mouches noires. Ils ont salué le couple et se sont empressés vers leurs motorisés pour fuir les bestioles. Jonathan a lâché Gabrielle et elle a continué de nager sans cesser de se plaindre des moustiques. Le grand mâle est descendu dans la rivière. Il se déplaçait dans l'eau en poussant des grognements. Sa manière de glisser à la surface, avec la moitié de la gueule immergée, rendait sa présence inquiétante. Un gros taon posé sur le bord de son museau lui suçait le sang. Jonathan a tendu la main pour l'en débarrasser, mais le chien a bifurqué et grogné plus fort. Le jeune homme a tout de même risqué une deuxième tentative pour soulager la bête du gros parasite qui ne lâchait pas prise. Le grand berger a lâché un ultime avertissement en claquant des dents. Gabrielle a bu sa bière d'un trait et a commencé à presser son amoureux pour qu'il en fasse autant.

— *Let's go*, Jo, dépêche-toi! Astheure qu'on est saucés, on peut s'en aller, y a ben trop de mouches, j'pus capable!

Le jeune homme n'a pas répondu, mais a continué de nager sans se préoccuper d'elle. Elle est sortie malgré tout de l'eau et s'est habillée en vitesse. Déjà, plusieurs endroits de sa peau saignaient. Elle a attrapé son sac à main glamour et s'en est allée dans le sentier.

— Ramasse le chien, m'as t'attendre dans l'char!

Ses souliers trop délicats ne lui permettaient pas de courir dans le sentier. Elle se serait enfargée dans les racines. Elle avançait en tapant au hasard tous les endroits de son corps qui lui piquaient. Dès qu'elle est arrivée à la voiture, elle s'y est enfermée et a gardé toutes les fenêtres levées malgré la chaleur. Sur le banc de derrière, elle a trouvé un sac de chips Old Dutch Ripples ouvert et s'est mise à grignoter. Puis elle a aperçu Jonathan qui sortait du sentier, accompagné par les trois chiens. Il a eu de la difficulté à rejoindre Gabrielle, car les bergers belges créaient un obstacle silencieux avec leur corps. Après avoir fait grimper Praline derrière, il est parvenu à prendre place au volant. Il a enfoncé sa main dans le sac de Old Dutch et a démarré.

Les deux chiens, restés derrière, ont regardé la voiture s'éloigner sans comprendre. Leur instinct brouillé. Ils avaient senti, jusqu'à la dernière minute, que quelqu'un les ramènerait. Ils avaient retrouvé petit à petit leurs habitudes d'animaux apprivoisés. Ils étaient prêts à redevenir ce qu'ils devaient être. Des compagnons.

Mais là, alors que le soleil de cinq heures annonçait déjà la nuit, leur estomac souffrant du vide, ils ne savaient plus où se mettre. Pas de raison d'être. Gabrielle s'est retournée pour leur jeter un dernier coup d'œil par la vitre de derrière. Elle s'est rappelé le squelette de chien qu'ils avaient découvert à l'orée du sentier l'année précédente. Elle observait les deux ombres noires des bêtes en bas du chemin. Seules. Condamnées.

Jonathan a monté le volume de la radio et s'est mis à chanter à tue-tête pour accompagner Arcade Fire. Praline a mis son nez un peu trop près des Old Dutch, Gabrielle s'est retournée brusquement pour lui enlever le sac. La petite voiture est disparue dans la courbe.

Ça ne servait plus à rien désormais de regarder derrière.

LEQUEL DE VOUS DEUX M'ÉTREINT

En voyant Boîte de réception (4), je me mets à trembler. Mon cœur pompe si fort que ça me donne envie de vomir. Je clique pour regarder mes messages. Je veux que ton nom soit en caractères gras, je veux que tu m'aies écrit, je veux exister. Et tout le temps que la page met à ouvrir, j'essaie de me convaincre que ça n'est pas toi, que ces courriels doivent être des trucs formels ou des annonces quelconques. Je prépare ma déception. Quand ma boîte de réception apparaît enfin sur l'écran, je ne respire plus, je parcours les quatre noms, puis un immense froid traverse mon visage et ma poitrine. Tu ne m'as pas écrit. Je ne me reflète dans personne. Personne pour m'autoriser à être. Je prends le temps de cliquer sur tous les courriels sans les lire. Comme ça, demain, si «boîte de réception» est encore en caractères gras, il y aura des chances que ce soit toi.

* * *

Je suis assise sur le coin du lit, nue. Alex et moi venons de faire l'amour. Il doit être dix heures. Alex reprend son souffle. Je regarde dans le vide. Je n'ai gardé que mes bas mi-cuisses, il n'a pas voulu que je les enlève. Ils sont noirs avec une bande en dentelle adhésive dans le haut. Ça l'excite. Moi aussi. Il caresse mon dos. Ses mains sont chaudes, mais ça me fait frissonner. Je me retourne pour me pelotonner auprès de lui en roucoulant. Je sens son sexe ramolli frôler mes fesses. Je me blottis contre son torse. Je perçois son haleine et sa barbe qui repousse alors qu'il promène ses lèvres et son nez sur mes épaules. Ses mains glissent sur mes hanches. J'anticipe chaque caresse, je les connais. Je sais même ce qu'il va dire :

— Belle plage !

Ça me fait sourire. Ses caresses se font de plus en plus rares. J'ondule des fesses pour le rappeler à l'ordre. Nous somnolons. Chacun notre tour, nous perdons conscience et c'est un léger mouvement de l'autre qui nous tire vers l'éveil. Un geste de lui me fait sursauter. Il tente de sortir du lit. Je gémis. Je ne veux pas que sa peau quitte la mienne. Il reste encore un moment, mais je sens qu'il est déjà parti. L'idée s'est installée dans sa tête. Je continue de me coller contre lui. Mais chaque fois qu'il remue un peu, j'ai peur. Je sens un autre mouvement brusque. Il cherche ses boxers dans le noir, les trouve, les enfile et me laisse seule dans le lit sans couverture. Dépouillée de lui, je le regarde sortir de la chambre. Juste avant de franchir la porte, il prend une pose de pin-up. J'éclate de rire et lui lance le premier objet qui me tombe sous la main : un rouleau de papier de toilette. Il s'enfuit en hurlant comme une jeune fille en détresse.

Je tire le drap sur moi et me retourne vers la fenêtre. Mon corps est humide de sueur après nos ébats. Ça me donne froid. Entre les lamelles du store, je regarde les lumières des appartements de l'autre côté de la ruelle. Elles sont brouillées par les gouttelettes de pluie accumulées sur la vitre. L'eau m'empêche de bien voir les gens dans le logement d'en face. Je n'aperçois que du mouvement et des couleurs, je n'ai rien pour me distraire, je vais être obligée de penser.

Dix ans que nous sommes en couple. Nous venons de faire l'amour. J'ai joui. C'était bon. J'ai un nœud dans la gorge. J'ai pensé à toi. Pendant qu'il me pénétrait, je pensais à toi. Mon nez enfoui dans son t-shirt qu'il n'a pas pris le temps d'enlever. La sensation de sa joue mal rasée contre la mienne. Je ne distinguais plus lequel de vous deux m'étreignait. Ça m'a donné envie de pleurer. Tu me manques.

Deux matous se battent dans la ruelle. Leurs feulements me parviennent à travers la fenêtre ouverte. J'ai l'impression d'entendre mon cœur se déchirer en deux. Tu ne m'écris presque plus jamais. As-tu décidé de cesser de m'aimer sans te donner la peine de me le dire? Cette pensée me donne un haut-le-cœur. J'avale ma salive. J'attrape mon lobe d'oreille entre mon pouce et la phalange de mon index. Rien ne m'apaise.

Alex revient dans la chambre et se jette sur le lit. Je devine qu'il vient de manger un sandwich parce que son haleine sent le *dill pickle*. Il donne quelques coups sur son oreiller, frotte ses pieds sur les miens et dépose une main sur ma fesse. Je n'ai pas envie de dormir. Des spasmes électriques parcourent tout mon corps. Je m'imagine soufflant dans un sac en papier. J'ai des visions de ma tête qui explose dans le pare-brise d'une voiture. J'étouffe! Il faut que je sorte.

J'emprunte l'auto d'Alex et je pars pendant plusieurs heures. Le vent doux de juin s'engouffre par les vitres baissées, mais ça ne m'aide pas à respirer. Je sors de l'Île, je roule longtemps. Je me rends jusqu'à Hemmingford. Je ressens tant de violence et d'urgence que je songe à me foutre en l'air dans un dix-roues! Je me demande si je trouverai la force de revenir sur mes pas. Je pourrais vider notre compte en banque et disparaître, ce serait très facile. Conduire jusqu'à dépasser la frontière des États-Unis, aller me perdre sur une île, vivoter, couper les liens, m'appartenir enfin.

Mais je tourne à droite dans un petit chemin de terre. J'entre dans la cour d'un bungalow en briques roses et grises. Je fais demi-tour. Un fil invisible est soigneusement attaché autour de ma gorge et il se rembobine de lui-même chaque fois que je veux fuir, c'est bien fait.

La pluie a cessé. Il fait chaud. Mais je ne suis pas bien, c'est une soirée pour avoir envie d'être libre et je suis ficelée de partout. Avoir roulé tout ce temps pour finir par retourner à notre appartement dans Rosemont, ça m'atterre. En rentrant, je vérifie mes courriels. Toujours rien. Je voudrais hurler.

* * *

Il doit être sept heures du matin. Alex me réveille doucement. Il me caresse les fesses par-dessus la couverture. Il m'embrasse et me souhaite une bonne journée. Le soleil est splendide, je suis d'excellente humeur ; j'ai tué l'espoir. J'entends la clef d'Alex tourner dans la serrure de la porte d'entrée, sa voiture qui démarre et qui recule dans le gravier. Il est parti. Je me lève et j'ouvre l'ordinateur. Je me branche et je tape : www.hotmail.com. En voyant la page d'accueil, mon espoir renaît. Je clique sur BOITE DE RÉCEPTION (1). Puis je vois SÉBASTIEN LESAGE : (PAS D'OBJET). Pendant que ton message s'ouvre, je retiens ma respiration. J'essaie de me convaincre que tu m'écris pour me dire que notre situation est intenable, que c'est fini entre nous deux, que ta peur est plus grande que ton amour. *Tu me manques, j'ai envie de te voir… Disons 13 h chez toi. Écris-moi s'il y a un problème. À tantôt, belle dure à cuire.* Je ne me possède plus. Mon corps tremble de partout. Nous allons être seuls tous les deux.

Je me dépêche de ramasser le salon. Je jette tout ce qui traîne dans ma chambre. J'essaie de déjeuner, mais j'arrive à peine à avaler une rôtie, le désir et l'angoisse de toi occupent déjà toute la place. Je vais prendre une douche et, pendant que je me lave, je me demande ce que je vais bien pouvoir porter. Ma robe noire est toute neuve. Si je la mets, je vais avoir l'air de choisir mes vêtements pour toi! Tant pis, je la mettrai quand même. Pour les sous-vêtements, ce sera ma plus belle dentelle rouge au cas où tu me déshabillerais. Je me dégoûte! Je prévois ma lingerie.

L'eau ruisselle sur mes seins, je les caresse, je pense à toi, ça provoque un nœud de plaisir dans mon ventre. Je dis que c'est un nœud, mais ça ne peut pas être dénoué. Je rase mon pubis. Je me dégoûte encore plus!

Je sors et je me sèche. Je me dirige vers ma chambre. Nue. C'est mon nouveau rituel. Avant de m'habiller, je me contemple dans la glace. Je me tourne et me retourne pour me voir sous tous les angles. Depuis qu'il y a toi dans ma vie, je ne mange plus. J'aime mon nouveau corps, celui que, malgré toi, tu m'as sculpté.

Je m'habille. Je me maquille. Je sèche mes cheveux.

Il est treize heures. Je ne sais plus où me mettre. Je passe mon temps à m'asseoir et à me relever. Si je suis assise, ça va avoir l'air naturel. Mais si tu cognes avant d'entrer, je vais me lever de toute façon. Alors à quoi bon rester sur le divan, ça me rend nerveuse. Il faut que je bouge! Je fais les cent pas. Je ramasse une revue que j'avais oublié de ranger, je la feuillette et je la lance sur mon lit. Je ferme la porte de la chambre. Treize heures quinze, je n'y tiens plus, je vais aller dans la cour arrière arracher quelques mauvaises herbes. J'hésite. Si tu arrives pendant que je suis dehors, tu n'oseras pas laisser glisser ton corps contre le mien pour voir où ça nous mène. Tu vas te retenir à cause des voisins. Je suis une salope! Je ne peux pas prévoir ça, je ne peux pas vouloir ça. Treize heures trente, j'ouvre la porte, je m'élance vers la pelouse. Je suis stoppée net dans mon élan.

Je vois ta voiture se garer dans notre stationnement. Je me mets aussitôt à trembler. Dans le soleil, je te regarde en sortir. Tu es beau, simple, souriant. Je suis heureuse de te voir. J'ai peur de ce que nous allons faire.

Nous parlons plusieurs heures. De nos mères, de la liberté, de la chèvre de monsieur Séguin. Puis, en fin d'après-midi, tu me dis :

— Mélissa, je m'excuse, j'ai pas dîné pis je commence à avoir faim, t'aurais pas quelque chose à grignoter ?

Je vais chercher des pommes que nous mangeons. Puis tu me dis qu'il faut que tu partes. Nous nous levons en continuant de discuter. Avant de me quitter, tu me donnes deux baisers en frôlant ma bouche d'un peu trop près. Tu me serres contre toi. Mais nous ne nous séparons pas après les deux secondes habituelles. Nous restons collés l'un contre l'autre au milieu du salon. Je me mets à trembler. Tu appuies tes lèvres sur mon cou. Ton souffle se promène sur la peau de mon épaule. Je recule mon visage en le glissant contre ta joue. Nous sommes face à face. Ma bouche à deux centimètres de toi. Je sens ton haleine chaude. Nous nous embrassons. Tu caresses mes hanches et mes fesses par-dessus le voile de ma robe. Nous gémissons. Le présent est saturé par le désir. Tu me tires un peu plus fort à toi. Je sens ton sexe contre mon ventre. Puis tu regardes l'heure. Tu soupires. Tu balbuties quelques mots en frottant tes lèvres contre les miennes. Je n'entends rien. Des millions d'hameçons de plaisir accrochent mon corps au tien. Lorsque tu arrives enfin à te séparer de moi, je les sens qui m'arrachent des petits bouts de chair et d'âme. Tu m'entraînes vers le divan pour qu'on discute. Nous parlons de notre culpabilité. Nous ne savons pas quoi en faire. Elle ne suffit plus à nous retenir. Tu me prends la main. Tu la caresses. Tu m'enlaces à m'étouffer. Il est l'heure de partir. Tu remontes dans ta voiture et je te regarde t'en aller. Je suis heureuse même si je sais que d'ici deux jours, j'aurai à nouveau besoin de toi pour me faire sentir que j'existe.

PLEASE DON'T PASS HER BY

Nous déambulons toutes les deux, rue Mont-Royal. C'est le printemps. Le soleil est lumineux, mais l'air est piquant. Je marche d'un pas tranquille et toi, tu sautilles. Quand tu étais petite, tu courais toujours pour te déplacer, tu trottinais. Grand-papa t'appelait Alexis le Trotteur.

Je t'ai invitée à déjeuner, tu es arrivée très en retard au métro Mont-Royal, comme d'habitude. J'ai attendu vingt-cinq minutes avant de voir apparaître tes cheveux platine ébouriffés et ton magnifique visage un peu honteux en haut de l'escalier roulant. Tu es arrivée juste avant que l'impatience ne me rende exécrable. Tu me fais vivre ça souvent. Pour te justifier, tu m'as inventé une histoire de clefs oubliées chez toi, qui impliquait le chien du voisin et une fenêtre. Je ne t'ai pas crue. Mais je pouvais bien te pardonner ça, je te pardonnerais n'importe quoi. Je t'aime. Je t'ai toujours dit que tu étais mon cœur.

Tu as des petites veines rouges dans le blanc des yeux et une brûlure sur l'avant-bras. Tu as l'air fripé, je n'ose pas imaginer ce que tu as fait hier soir. À quelle heure tu as pu te coucher, dans quel état et avec qui. Ta vie nocturne, je n'y peux rien. Tu es mon petit oiseau. Tant que tu continues à gazouiller le jour. Et ça, pour gazouiller, tu gazouilles. Tu pépies; tu parles si vite que tu m'étourdis. Je me demande parfois comment l'air fait pour entrer dans tes poumons tellement tu t'emploies à le faire sortir en racontant n'importe quoi avec ta petite voix.

Ce matin, tu dois porter toute ta garde-robe : une camisole léopard, par-dessus une autre en strass, le tout enfilé sur un chandail collant noir semi-transparent, des jeans noirs avec des trous qui moulent à merveille tes magnifiques jambes de sauterelle qui n'en finissent plus de finir et pas moins de quarante mille bracelets et colliers dépareillés. La moitié de tes fringues viennent de l'Armée du Salut, mais tu excelles dans l'art de les agencer. Tes cheveux blonds te donnent l'air de Marilyn Monroe qui aurait fait l'amour toute la nuit avec John F. Kennedy. Mais tu es plus belle que Marilyn Monroe. Tu es si belle que les gens voudraient que tu leur appartiennes. Même moi, j'ai déjà eu envie de t'enfermer dans une cage et de jeter la clef. Tu n'as jamais su poser de frontières entre toi et les autres, tu laisses pénétrer toute la lumière et la part d'ombre qui vient avec. Tu mens souvent, tu dissimules, mais cela n'empêche pas les gens d'entrer en toi comme dans un moulin. La porte est grand ouverte. En fait, il n'y a même pas de porte, pas même un seuil.

En sortant du métro, tu t'es empressée d'allumer une clope. Tu fumes comme un trou. Avant de me suivre à l'intérieur de la boulangerie Mr Pinchot, juste à l'angle de Brébeuf, tu laisses tomber ton mégot sur le trottoir. Je nous achète des fougasses, les meilleures que j'ai mangées de ma vie, et aussi quelques danoises pour ta petite dent sucrée. Nous arrêtons ensuite au Café des cyclistes, parce qu'un déjeuner sans un bon café, nous considérons toutes les deux que c'est un sacrilège. Tu y verses au moins une dizaine de sucres, et moi, je te regarde, hallucinée par cette montagne blanche qui ne se dissoudra qu'à moitié et qui formera un amas brun et granuleux au fond de ton gobelet. Je ne m'y habituerai jamais. Enfin, nous

nous dirigeons vers le parc La Fontaine, qui est juste à côté.

Du coin de l'œil, je remarque que ton pas ralentit et que ton rythme devient de plus en plus traînant à mesure qu'un grand sourire fasciné illumine ton visage de fée. Moi, j'accélère, j'essaie de t'entraîner à ma suite, mais il n'y a rien à faire. Dès que je l'ai aperçu à l'entrée du parc, j'ai su que nous resterions coincées là.

C'est un homme très âgé et laid. Il a la peau brunie par le soleil. Son large sourire s'ouvre sur des dents brisées et jaunies. Une vieille casquette des New Orleans Saints est enfoncée sur sa tête. Il porte des vêtements usés et dépareillés. Un boxer fatigué est étendu à ses pieds. Il joue de la guitare et il chante «Please don't pass me by» avec un accent de la Louisiane ou quelque chose qui s'en approche. Tu l'observes, émerveillée, et je sais que j'ai cessé d'exister pour toi. Tu as vu tout de suite ce qu'il y avait de beau dans cet être et tu t'es arrêtée pour le contempler et l'entendre. Je sens cette bulle qui vous enveloppe tous les deux, toi et cet homme musicien. Il te regarde avec chaleur. Il a deviné, lui aussi, que vous êtes faits de la même étoffe. Celle de ceux qui ne jugent pas les autres et s'avancent toujours vers eux les paumes tendues, le cœur ouvert.

Soudain, tu sembles fouiller dans tes poches et tu te tournes vers moi. Je comprends immédiatement pourquoi. Je sors mon porte-monnaie de mon sac à main et j'en extirpe une pièce de deux dollars que je dépose dans ta maigre main. Tu t'empresses d'aller la porter dans l'étui de sa guitare et tu restes plantée devant lui. À l'écart, je respecte votre monde. Dès qu'il a fini sa chanson, tu t'avances tout près de lui et je vois que tu l'abordes. Il est heureux. Vous discutez en anglais, j'ai l'impression que ça va durer une éternité. Tu lui parles de sa guitare, tu lui demandes d'où il vient.

Le café va refroidir, tout le sucre va se retrouver au fond, les fougasses vont sécher, mais j'attends; il n'y a rien d'autre que je puisse faire. C'est toujours comme ça quand tu croises la musique quelque part, il faut que tu t'arrêtes, que tu prennes le temps d'apprendre à la connaître. Soudain, il semble comprendre que tu es musicienne toi aussi. Il se lève et te tend sa guitare. Épouvantée, tu fais non de la tête. Mais il insiste en souriant, il te parle doucement, comme pour t'apprivoiser. Alors, tu étires ton bras mince pour attraper l'instrument. Je suis soufflée de te voir accepter. J'ai en mémoire ces nombreuses rencontres de famille où il fallait te préparer des heures durant pour arriver à tirer de toi un tout petit brin de mélodie. Ébahie, je te regarde enjamber le chien et prendre place sur le banc qu'occupait l'homme. Tes doigts délicats coincent quelques mèches de cheveux embarrassantes derrière ton oreille. Tu caresses les cordes avec ton pouce en penchant ton visage pour le dissimuler et tu entames un refrain. Le même que l'homme jouait lorsque nous sommes arrivées. Ta petite voix s'élève, timide au milieu de tout ce mouvement. Dans ce parc où les enfants crient, où les chiens jappent, où les gens rient, marchent, courent, roulent, nous sommes deux à écouter ton chant, deux pour qui le temps est suspendu. C'est haut perché, éraillé, fragile. Ça oscille entre le soupir de jouissance et les pleurs.

Please don't pass me by, well I've got to go now friends, but, please don't pass me by, for I am blind, yeah but you can see, oh, I've been blinded, I've been blinded totally, oh now, please don't pass me by.

Ces paroles dérangent quelque chose en moi. Aujourd'hui, tu chantes pour *les monstres, les infirmes, les pauvres, les abîmés et les déchirés.* Partout où tu vas, toujours tu leur offres ton regard, ton sourire, ta chaleur. Mais je ne peux m'empêcher de t'entrevoir, toi aussi, à l'angle d'une rue avec *les monstres, les chassés, les tombés, les estropiés et les pauvres.* Je te vois seule, sans personne pour prendre soin de toi, réduite à tomber à genoux et à supplier : «S'il vous plaît, ne m'ignorez pas!» Je ne me sens pas bien. Je veux que cette trop longue chanson finisse. Elle m'étourdit et me fait peur. Tes doigts glissent sur le dernier accord. Tu lances un ultime *Please don't pass me by* comme une prémonition de détresse qui semble ne jamais vouloir se terminer. L'homme est encore debout, figé devant toi. Il a l'air grave. Je sais qu'il a compris lui aussi. Il vient d'apercevoir ta prison : cette beauté époustouflante. Cette beauté que l'on voudrait posséder, mais *qui est à jamais perdue pour toi comme elle est perdue pour tous les autres.* En toi, il y aura toujours quelque chose qui nous échappe.

Tu sembles soudainement te souvenir de moi, tu lèves la tête et me souris. Avec délicatesse, tu remets l'instrument à son propriétaire et lui adresses un léger signe de la main. Tu caresses la tête de son chien qui réagit à peine. Tu lui chuchotes quelques mots doux. Tu te retournes pour me rejoindre. L'homme te lance un *So long Marianne!* Il me fait un clin d'œil rassurant. Nous repartons toutes les deux.

Cet événement a installé du silence entre nous. Tu planes, mais moi, je rumine. Sans parler, nous nous enfonçons vers le milieu du parc. Les paroles de cette chanson que tu viens de chanter. Je suis inquiète pour toi. La semaine dernière, tu m'as présenté ton nouveau mec. Je me suis engueulée avec lui. C'est un malade. Possessif, manipulateur et violent. Il m'a dit des trucs affreux à ton sujet. Tu étais là, tu as tout entendu. Tu as trouvé le moyen de te défiler en faisant une crise d'angoisse. Tu étais très soûle. Moi aussi. Tes larmes et tes hurlements m'ont fait oublier les questions que je voulais te poser. Je t'ai ramenée chez moi. J'ai fini par t'endormir en te serrant contre mon cœur. Ce qu'il m'a dit m'a fait tellement peur que je n'en dors plus la nuit. Il faut que je t'en parle, je n'arrive pas à garder ça en moi. Ça y est, c'est décidé, je brise le silence, je fais exploser ta bulle de joie.

— Marianne, dis-moi la vérité. As-tu recommencé ?

Je remarque tout de suite la panique dans ton regard. Tout ton corps change de posture. Tu as l'air de la biche qui vient de voir le chasseur, mais ne sait pas par où fuir. Je te regarde essayer d'inventer une histoire crédible, je vois les possibilités défiler dans ta tête. Je ne te laisserai pas le temps de construire un mensonge.

— Réponds-moi !

— Je fais de la coco de temps en temps…

De la coco. Pour lui prêter ce nom, tu n'en fais pas qu'une fois de temps en temps. Des larmes que je ne peux pas retenir coulent doucement sur mes joues. En me voyant pleurer, tu te mets à sangloter aussi. Tu essaies d'atténuer la vérité.

— J'en fais pas souvent, j'peux arrêter quand je veux…

— Pis l'histoire du La Tulipe que James m'a racontée la semaine passée, c'est vrai, ça ?

Tu restes évasive. Tu essaies de changer de sujet. Puis tu me regardes et je comprends que ça veut dire oui. Je suis saisie. C'est arrivé pour vrai. En sortant du bar, tu as suivi un inconnu qui t'invitait à faire une ligne chez lui. Tu t'es réveillée le lendemain à côté d'un métro sans savoir où tu étais, sans savoir ce qui t'était arrivé la veille. Je n'arrive pas à digérer ça. Ça me déchire. Nous allons finir par te perdre, j'en suis persuadée maintenant. Je suis prise de sanglots et je tremble. J'arrive à peine à pousser cette phrase :

— Tu es mon cœur, Marianne ! T'es mon p'tit cœur ! J'ai peur pour toi ! Ça s'peut pas, c'qui t'est arrivé là! Fais attention à toi, je t'en supplie, j'veux pas perdre mon cœur!

Tu me tombes dans les bras. Je t'étreins. Je sens tes épaules frêles secouées par l'angoisse. Je sens ton odeur de fruit, ta peau de bébé, tes cheveux cassés d'avoir trop été teints, ta joue refroidie par les larmes. Je sens dans mes bras une femme et une petite fille, déchirées tout entières par cette volonté de bien faire et cet irrésistible besoin d'être libre.

Tu retombes en enfer et je suis impuissante. Je ne peux rien faire pour toi. Je ne peux pas reprendre ta vie en mains à ta place. Tout est emmêlé. Je ne sais pas sur quel fil tirer pour t'aider à voir clair. Je te serre contre moi, petit chat, petit ange, petite fée du rock'n'roll. Tes larmes froides sur mon épaule. Il te pousse des ailes, ma belle, il ne te restera plus qu'à t'envoler. Et moi, avec cette gamine précieuse et fragile entre mes bras, je me demande comment *recoller ce matin torturé à mort avec le jour qui viendra après.*

— Chuuuut… C'est correct, ma belle chouette. C'est fini. Viens t'asseoir, on va manger.

Nous choisissons une table à pique-nique isolée. Pendant que je déballe le déjeuner, tu déchires des morceaux de fougasse que tu lances aux écureuils. Tu as un petit air coupable, tu sais que c'est interdit. Tu te tournes vers moi et me fais ton fameux sourire, celui qui fait craquer tout le monde quand tu appuies ta langue derrière tes dents d'en haut.

Et là, tout de suite, en te voyant, je sais que le soleil est encore dans le parc.

LA MANIC

J'étais seule sur la plage. Tout le week-end, j'avais eu envie d'aller sur cette petite presqu'île qui s'avançait dans la rivière Manicouagan. Mais les préparatifs du mariage de ma tante Milène, les multiples conversations avec des membres de ma famille, les commissions en ville pour acheter la paire de souliers qui fitte avec le kit, tout ça m'avait empêchée d'y aller. Vers la fin du traditionnel brunch du dimanche d'après noces, alors que tout le monde digérait en jasant dehors, je me suis éclipsée pour explorer ce morceau de sable fin, surmonté par une dizaine de conifères et quelques touffes de plants de bleuets et de thé des bois.

Il y avait du soleil partout. Il faisait chaud. J'étais bien. Je me promenais pieds nus dans le sable en respirant la journée. J'essayais de la faire entrer si profondément en moi qu'elle ne pourrait plus jamais en sortir. Je plissais les yeux pour voir le plus loin possible la rive de la rivière qui s'étirait vers le sud. J'avais très envie d'aller l'explorer avec un sandwich au jambon, un carnet de notes et deux ou trois canettes de bière.

J'allais repartir pour Montréal dans deux heures. Mon oncle et ma tante m'avaient offert de monter avec eux jusqu'à Québec d'où je prendrais l'autobus pour la métropole. Je ne voulais pas y retourner. Je me retenais pour ne pas pleurer.

C'était une journée d'automne brûlante. De ces journées d'automne trompeuses qui parviennent presque à nous persuader que l'été ne finira jamais. De ces journées où le temps n'existe plus, où, même si l'imminence d'un départ nous tire vers le réel, quelque chose de sournois dans l'air que l'on respire, comme une drogue, nous convainc que nous resterons dans ce moment pour toujours. Comme si nous ressentions pour un instant fugace l'intelligence de ce que pourrait être l'éternité.

En relevant la tête, j'ai aperçu Émilie qui venait me rejoindre. Blonde et belle Émilie. Une femme magnifique aux longs cheveux bouclés, californienne d'adoption. Elle ressemblait à Michelle Pfeiffer, mais en plus belle. De deux ans mon aînée, elle était la fille de ma marraine. Elle s'est avancée vers moi en me faisant son sourire de frondeuse. Elle a attrapé mon bras, l'a glissé sous le sien et m'a entraînée avec elle pour flâner, nos orteils nus dans les vagues. Après quelques minutes de silence, elle m'a lancé son traditionnel :

— Comment ça va, Cath ?

— Ah, ça va, ça va, mais j'pense que ça m'tente pus de retourner à Montréal.

— Pourquoi, ma chérie ?

— Je sais pas. Tsé, j'pense que j'suis pas faite pour vivre là. J'ai tellement besoin d'air, Émilie. Mon pays me manque trop. Pas moyen d'être tu seule là-bas. Pas moyen de sortir dehors pis d'avoir la paix. Ça prend une heure et demie de char pour trouver d'l'horizon, j'étouffe ! Stéphane, lui, il veut rien savoir de revenir en région, mais moi, c'est hors de question que j'élève des enfants là-bas !

— Ça t'a fait de la peine que Steph soit pas venu avec toi en fin de semaine, hein ?

— Ah, tsé, c'est pas ben ben grave, on est un couple indépendant... Moi non plus, j'le suis pas partout.

Elle avait raison. J'avais eu le cœur gros pendant le mariage, de voir toutes mes cousines accompagnées alors que moi, mon chum n'avait pas voulu venir parce que ça ne lui tentait pas. Il m'avait même réprimandée lorsque j'avais insisté, comme si mon désir était un enfantillage.

— Hey, les Gurdas, qu'esse vous faites?

Sandrine se dirigeait vers nous, l'air nonchalant, cigarette au bec, affichant un large sourire de gamine frondeuse comme sa sœur aînée. Sandrine était l'irrécupérable. Elle changeait continuellement de couleur de cheveux, griffonnait des poèmes et rendait sa mère folle. Elle possédait une beauté innommable. Trop dangereuse pour être dite. Mais de nous toutes, elle était la plus vulnérable et cette beauté était comme une malédiction qu'elle portait et dans laquelle elle s'empêtrait sans cesse.

— On s'baigne les orteils, viens-tu?

Elle s'est empressée d'enlever ses chaussures et nous a rejointes. En mettant le pied dans l'eau, elle a poussé un cri.

— Arrrh! Crisse que c'est frette!

— T'es ben moumoune, la couz! Est chaude en masse, c't'eau-là!

Je l'ai attrapée par les épaules en rigolant, j'ai embrassé sa joue en peau de bébé et l'ai serrée contre mon cœur. Si délicate, si fragile petite Sandrine.

— Hey, les femmes! Faut qu'on s'trouve un trou de bouette!

Ça, c'était Katy-Lee. L'hyperactive. La verbomotrice. La grande rousse aux yeux de chat. Elle avait le même âge que Sandrine et avait toujours l'air surpris. Plutôt que de nous rejoindre dans les vagues, elle avait entrepris de chercher une de ces flaques profondes et boueuses qui parsèment les plages de la Côte-Nord. Le nez vers le sol, elle arpentait le petit banc de sable avec les gestes saccadés et nerveux qui la caractérisaient. Même lorsqu'elle ne bougeait pas, Katy-Lee avait toujours l'air d'être en ébullition!

— J'en ai trouvé un! V'nez!

Sandrine et moi avons couru la rejoindre alors qu'Émilie a préféré rester sur la rive. Toutes les trois, nous avons enfoncé nos pieds dans cette substance humide et fraîche qui se glissait entre nos orteils en faisant un bruit de succion. Nous riions comme des gamines de quatre ans et demi. Plusieurs autres filles de la famille sont venues nous rejoindre. Michèle, Jasmine, Marie-Hélène, Éloïse.

Nos mères étaient toutes des sorcières, chacune avait un don spécifique, mais toutes tiraient les cartes et parlaient aux esprits. On se payait sans cesse leur tête, mais nous n'hésitions jamais à faire appel à leurs services lorsque nous voulions savoir si tel mec en valait la peine ou lorsque nous avions besoin d'aide divine pour guérir des verrues plantaires ou une foulure.

Il y avait bien une vingtaine de minutes que nous étions là, papotant et gloussant, lorsqu'un refrain triste et nostalgique s'est élevé au milieu des éclats de rire.

— *Si tu savais comme on s'ennuie à la Manic, tu m'écrirais bien plus souvent à la Manicouagan.*

Avec un doux sourire sur les lèvres, Émilie chantait en glissant ses pieds dans les eaux de la rivière qui avait inspiré l'une des plus belles chansons québécoises. Moi, je regardais ces filles-femmes si singulières autour de moi en espérant de toute mon âme que ce moment resterait accroché en moi à jamais.

Notre histoire familiale était loin d'être rose. Notre grand-mère avait perdu son père à l'âge de quatre ans. L'un de ses frères était disparu, l'autre s'était suicidé ou avait été assassiné. Notre grand-père avait, à l'âge de douze ans, tué son petit frère par accident en jouant avec une carabine chargée. Il avait tué son petit frère sur les genoux de sa mère.

Nos grands-parents s'étaient enfuis à Baie-Comeau pour se marier parce que le nouveau père de ma grand-mère refusait de leur donner son consentement. Ils avaient eu neuf enfants. Sept filles, puis deux garçons, les bébés. À la naissance de ma mère, mon grand-père était au sanatorium de Mont-Joli, hospitalisé pour la tuberculose. Ils avaient très peu d'argent, jouaient sans cesse de malchance, et pour couronner le tout, mon grand-père est devenu alcoolique. À jeun, c'était un homme merveilleux. Mais sous l'effet de l'alcool, il a commis des actes et dit des paroles qui ont ouvert des blessures profondes dans les âmes de nos bien-aimées mamans. J'avais parfois l'impression que nous portions toutes en nous la trace de cette histoire d'horreur que mon grand-père avait vécue à douze ans. Comme un vague mal de l'âme dont nous n'arrivions pas à nous débarrasser.

Le vent sentait sucré. C'était une caractéristique de la Côte-Nord. On aurait dit que tout y avait une odeur de bleuet, peut-être à cause des conifères. Avec Émilie qui n'a pas pu résister au plaisir de la thérapie par les pieds, nous étions désormais huit dans le trou de bouette. Elle fredonnait encore « La Manic ». Moi, j'appuyais ma tête contre son épaule et je regardais tous ces visages que j'aimais. J'aurais voulu rester là.

Mais il a fallu partir.

Le soir, dans l'autobus qui me menait à Montréal, j'ai pleuré. Je ne voulais pas retourner dans la ville, là où le temps ne se continue jamais, mais est sans cesse coupé par les voitures, les gens, la rigidité des immeubles. J'avais besoin du temps long et vaste de la campagne. En traversant le pont Jacques-Cartier, je me suis promis que la prochaine fois que je le prendrais en sens inverse, ce serait pour de bon.

* * *

Aujourd'hui…

Katy-Lee travaille pour une boîte de pub à Montréal.

Michèle s'est mariée l'été dernier.

Marie-Hélène a eu deux petites filles.

Jasmine et Éloïse ont toutes les deux fini leurs études et en sont très fières.

Je suis revenue dans mon pays bien-aimé. J'ai quitté Stéphane.

Sandrine est morte dans un accident de voiture, son véhicule est tombé dans une rivière, le corps n'a jamais été retrouvé.

Émilie s'est mariée avec un charmant Allemand, ils attendent un bébé.

Mais le moment, lui, ne s'en ira pas. Il continue d'exister, j'en suis sûre. Lorsque je fredonne « La Manic », j'entends nos éclats de rire, je sens le vent sucré et je suis persuadée que, quelque part, sur une autre ligne du temps, huit cousines continuent et continueront toujours de papoter sous le soleil d'automne avec leurs seize pieds enfoncés dans un trou de bouette.

LES PETITS POIS

Tu es assise, dehors, sur ta *barceuse*. Tu as posé un lainage rose cendré sur tes épaules sans enfiler les manches. Le premier bouton du col est attaché pour l'empêcher de glisser. Ta petite maison de rang domine une colline. Ça te permet de voir le soleil se coucher sur le fleuve. Ta journée a été longue, comme toutes tes journées. Tu n'as pas perdu l'habitude, malgré l'aisance matérielle qui est venue sur le tard, de travailler du matin jusqu'au soir. Le soleil était de plomb aujourd'hui. Tu as ramassé des cosses de petits pois au jardin. Tu les as installées sur une table à ta droite. Un *tupperware* sur les genoux, tu prends le temps d'enlever chaque précieuse bille sucrée de son emballage. Tu jettes les *éplures* par terre à côté de toi. Quand tu auras fini, tu iras à la cuisine chercher le balai pour nettoyer. En vaquant à ta tâche, tu remarques qu'il manque une pierre à ta bague familiale. Cette bague, c'est Peupa qui l'avait commandée pour toi chez le bijoutier. Il te l'a offerte à votre cinquante-quatrième anniversaire de mariage. Juste avant son dernier AVC. Sur le bijou, il y a la pierre de naissance de chacun de tes enfants. Il manque l'aigue-marine, celle d'Yvon.

Yvon t'a justement téléphoné aujourd'hui. Tu étais dehors, penchée sur le plant de groseilles. Tu t'es empressée vers la maison, car peu importe lequel de tes quinze enfants donne des nouvelles, entendre leur voix est une réjouissance que tu ne voudrais pas manquer.

Et quand tu as décroché, essoufflée, en sueur, c'était lui au bout du fil, ton troisième fils.

Jean, Bernard, Martine, Lucille, Yvon, Claire, Linda, Maurice, Chantale, Fernand, Miriam, Patrick, Isabelle, Josée, Christian. Quinze enfants. Seize accouchements dans ton lit. Une fois sur deux sans l'aide d'un docteur. Le fils manquant, mort au berceau, est venu entre Bernard et Martine. Il est reparti entre Martine et Lucille.

Au téléphone, ton sixième accouchement donnait des nouvelles. Depuis son divorce, tu t'inquiètes beaucoup pour lui et ses trois filles dont il a la garde partagée. Yvon est le premier divorcé de la famille, tu sens que ça ne sera pas le dernier et ça te peine. Tu sais qu'il faut des efforts pour qu'un couple dure. Des efforts que cette autre génération ne semble plus vouloir déployer.

À l'époque où Peupa partait sur le nord pour bûcher tout l'hiver, tu t'es retrouvée seule avec quatre enfants trop jeunes pour te donner un coup de main. Tu devais t'occuper de la traite et nourrir les vaches. Cuisiner pour tout le monde. Opérer des miracles avec une canne de saumon et quelques patates. Changer des couches. Allaiter le plus jeune. Pelleter l'entrée. Garder la maison propre. Quand Peupa revenait du bois et qu'il avait perdu l'habitude des enfants, tu devais être patiente et douce pour le calmer si les petits l'étourdissaient avec leur jeu de cow-boys. Tu l'emmenais aux fraises avec toi pour en concevoir un autre dans le champ, à l'abri des regards. Quand il s'est amouraché de la veuve du troisième voisin, tu as continué à prendre ton petit vingt minutes tous les matins, pour te rosir les lèvres et les joues en espérant qu'il recommence à te voir. Sans le brusquer, tu as attendu qu'il revienne vers toi. Quand il a eu son premier AVC, tu as pris soin de lui, refusant de te résigner à le placer. Malgré ses blasphèmes, tu as continué de lui apporter son thé avec ses biscuits village que tu trempais toi-même dans le liquide chaud pour les porter à ses lèvres. Pendant ces moments d'accalmie, tu regardais son visage tordu qui s'apaisait, ses yeux bruns qui te disaient merci à sa place. Tout ça, et bien plus encore, tu l'as vécu sans broncher parce que tous les jours de votre vie, il t'assoyait sur ses genoux en te tapant les cuisses, en te serrant à t'écraser, en riant de bon cœur. Et ça, tu le sais, ça voulait dire qu'il t'aimait. Tu as raison. Il t'aimait.

Mais tu es la seule à en avoir fait, des efforts. Peupa n'était pas du genre à mettre de l'eau dans son vin.

En laissant glisser six petits pois dans ton *tupperware*, tu aperçois de nouveau ta bague et tu repenses à Yvon.

Il t'a appelée pour t'annoncer qu'il vient passer ses vacances sur la ferme familiale. Mais il n'arrive pas seul et ça te trouble. Il emmène un ami. Lorsque tu lui as demandé laquelle des chambres il voulait que tu prépares pour son ami, il t'a simplement répondu : «Y va dormir avec moi. » Ton cœur a bondi, mais tu as feint de n'avoir rien entendu. Tu as parlé des enfants, tu as demandé comment se passait leur été au camp de vacances. Tu n'écoutais plus ce qu'il te disait, cette phrase continuait de tourner dans ta tête et tu essayais d'arriver à comprendre. Tu cherchais des réponses apaisantes qui te permettraient de contourner la vérité. La conversation s'est terminée sur un «J'ai ben hâte de t'vouère, mon garçon» auquel il a répondu par «Moé aussi, meman. Préparez vos tartes aux p'tites fraises, j'm'en ennuie sans bon sens ! » Tu es retournée à ton jardin, mais la journée n'avait plus le même goût.

En rentrant, tu as déposé les groseilles et les petits pois sur le comptoir. Tu as renoncé à cuire les confitures. Tu as fait chauffer une soupe Lipton à laquelle tu as ajouté du chou et des carottes râpées.

Tu l'as mangée avec des-biscuits-soda-pis-du-beurre. Tu n'as même pas ouvert la radio à l'heure des avis de décès. Après ton souper, tu as mis la poivrière dans le frigidaire. Tu as levé les yeux vers la véranda. Le soleil se couchait, la vue était splendide, tu t'es dit que ça te changerait les idées.

Te voilà donc, écossant tes petits pois avec pour seule musique d'ambiance le son du bois qui craque au rythme de tes balancements. Des mots résonnent dans ta tête : *tapette, fefi, moumoune, tantouse, enculé, fifure*. Des mots sales qui ne collent pas à ton beau grand garçon. Ton fils est peut-être amoureux d'un homme, mais il n'est pas une tapette, ni aucune de ces choses laides que ces mots-là évoquent. Tu es croyante, tu vas à l'église tous les dimanches, mais tu n'es pas le genre de femme qui divise l'humanité en deux parties. Pour toi, il n'y a ni bons ni méchants, que des êtres humains qui aiment, souffrent, haïssent pour des raisons que tu ne peux pas juger.

La semaine prochaine, tu vas entendre le gravier craquer sous les roues de la Smart d'Yvon. Tu vas t'empresser sur le pas de la porte pour l'accueillir. Il se penchera sur la banquette arrière pour ramasser les roses qu'il t'aura achetées en chemin. Il se dirigera vers toi, affichant son sourire de magazine. Tu l'envelopperas de tes bras rondouillets. Il te pincera les flancs et s'écriera : « C'est toute de l'amour, ça ! Meman, vous êtes enrobée d'amour ! » Tu éclateras de rire en cachant ta bouche avec ta main droite. Puis Yvon se tournera vers son ami qui sera descendu de la voiture mais sera resté en retrait pour ne pas interrompre vos effusions. Il dira simplement : « Meman, je vous présente Simon. » Tu prendras Simon dans tes bras et lui colleras deux baisers sonores pour bien lui montrer qu'il est le bienvenu. Le soir, Yvon te concoctera sa nouvelle recette de salade de poires et de pacanes grillées qu'il aura dénichée dans une revue de Ricardo. Pendant que vous laverez la vaisselle, tu feindras de ne pas remarquer lorsqu'ils s'effleureront comme des amoureux. À l'heure d'aller au lit, tu ne poseras pas de questions lorsqu'ils monteront tous les deux à l'étage et tu leur souhaiteras bonne nuit. Tu agiras comme tu as toujours agi, avec abnégation, patience et amour. Et tu sauras que c'est la meilleure chose à faire.

LES DRAPS

Assise sur le coin de ton lit, je souris. L'odeur de ta salive de fumeur remonte de mes lèvres jusqu'à mes narines. Elles en sont pleines. Tu me dévores la bouche quand tu m'embrasses.

J'ai trente-cinq ans. Je suis célibataire depuis toujours. Je refuse de sacrifier ma liberté. Je veux des amants. Des hommes gonflables que l'on replie sous le lit une fois qu'on en a terminé. J'ai sucé toutes sortes de langues. Mordu toutes sortes de lèvres. Senti toutes sortes de mains. Touché toutes sortes de corps.

J'ai vu toutes sortes de sexes. Des gros, des petits, des mous, des durs, des tristes, des dominants, des complexés, des nerveux. Je n'avais jamais vu de sexe heureux avant de rencontrer le tien. Oui, le tien est heureux. Il sourit à ma main. Il s'esclaffe dans mon ventre. Il est d'excellente humeur le matin.

Tu n'étais pas dans mes plans.

Tu faisais du pouce et je t'ai ramassé dans ma vieille Hyundai.

Trente-six ans. Serveur depuis la nuit des temps. Accro au football, au golf et au croquet. Amoureux inconditionnel de la musique. Trop de drogue. Trop d'alcool. Pas assez d'ambition. Je suis tombée amoureuse dès la première nuit.

Ça fait un mois que nous nous fréquentons.

Tu as dormi chez moi hier. Dans ma campagne reculée. Nous nous sommes couchés à cinq heures du matin. Je ne me lasse pas de t'écouter, de te regarder, de te baiser. J'en oublie de dormir. À huit heures trente, ta bite heureuse a chatouillé mes fesses. Après l'amour, impossible de retrouver le sommeil. Nous sommes allés nous baigner à la crique. Tu as trouvé l'eau trop froide, tu n'as pas osé plonger. Je me suis payé ta gueule, mais au fond je trouvais ça beau. Toi, debout sur les rochers en sous-vêtements. Vulnérable. Tes bras refermés contre ton torse mince que tu regrettais d'avoir dénudé. Tu m'as regardée m'ébrouer. Quand je suis sortie, tu as serré les dents en riant sous mon étreinte glacée. De retour à la maison, j'ai pris une douche. Belle robe, beau maquillage, beaux souliers. « Martine à la ville », comme j'aime à le répéter. Prête pour le boulot, je te ramenais chez toi en passant. Tu n'as pas de voiture. Pas de permis de conduire. Pendant le trajet, l'effet de l'eau glacée s'est dissipé. La fatigue s'est mise à me peser sur les yeux. J'avais un sanglot d'épuisement dans la gorge.

— Guillaume, ça n'a pas de sens. Je ne peux pas rentrer travailler, je suis trop fatiguée. Faut que je dorme.

— Veux-tu dormir dans ma chambre ?

— J'pense que j'aurai pas le choix !

— J'suis gêné. Je t'avertis, c'est le bordel !

— Pas grave !

— J'suis vraiment mal !

— Ben voyons, arrête, c'est juste pour dormir.

J'ai stationné la voiture dans la rue. Je t'ai suivi chez toi. Dans le hall, un mot imprimé sur une feuille huit et demi par onze demandait aux visiteurs d'enlever leurs souliers en tout temps. Nous nous sommes exécutés. Tu as dû m'attendre. J'avais des escarpins difficiles à retirer. Je les ai laissés dans l'entrée. Puis j'ai attrapé les pans de ma robe soleil pour ne pas marcher dessus. Nous avons gravi l'escalier recouvert d'un tapis bourgogne. Usé. Pas très propre. La peur d'attraper des verrues me chatouillait la plante des pieds. En haut, tu as déverrouillé ton antre. Il y avait des boîtes par terre. À peine assez d'espace pour circuler autour du lit. Le tapis gris était plein de grenailles. Pas de taie sur l'oreiller, pas de draps sur le matelas. Je m'y suis quand même jetée. Les bras repliés derrière la tête, j'ai observé ta chambre. Il y avait des chandails de hockey sur les murs. Des fanions aussi et une photo signée par un joueur. Je n'aurais pas su dire qui c'était, je suis tellement inculte en matière de sport que je n'arriverais même pas à reconnaître Guy Lafleur. Sur une tablette, des dizaines de films, des films d'horreur pour la plupart. Le genre de trucs que nous n'écouterons jamais ensemble. Tout comme mon cinéma de répertoire, à bannir de nos moments en commun. En dessous, sur un large bureau brun, une gigantesque télé et une console de jeu. Et des restes de *pot* égrené. C'est là que tu roules tes joints et que tu manges ta poutine quand tu rentres des bars. Pas un bureau pour écrire. Tu t'es empressé d'en rouler un pour le fumer en t'en allant au boulot. Puis tu as attrapé une serviette pour aller prendre ta douche.

— As-tu besoin de quelque chose?

— Non, ça va, merci.

— T'es sûre?

— Ben oui, j'suis sûre!

— Je reviens dans cinq minutes.

— O.K.

Tu es retourné dans le corridor d'où nous étions arrivés vers une salle de bain dont j'ignorais encore l'emplacement. Je t'ai entendu tousser derrière la porte. Une toux creuse et grasse. J'ai eu l'impression que je toussais aussi. À peine un mois que nous nous connaissions, et déjà ta finitude. Je me suis souvenue de la première nuit que nous avions passée ensemble chez moi. J'avais pu entendre le son de tes poumons et de tes bronches qui se désagrègent trop vite à cause de la fumée. Je m'étais dit : « Le pauvre gars, à ce rythme, il ne vivra pas très vieux. » À ce moment-là, tu étais encore quelqu'un d'autre dans ma vie, tu n'étais pas « toi ». Mais ce matin, allongée sur ton lit, c'était le corps de l'homme que j'aimais que j'entendais grincer. Je me suis vue, dans dix ou quinze ans de cela, à ton chevet dans un hôpital, avec, qui sait, un ou deux marmots pas prévus laissés en gardiennage chez ma mère. Pas d'assurance-vie, parce que responsables comme nous sommes, moi artiste et toi serveur, nous n'aurions jamais trouvé les moyens, nous aurions toujours vécu au bout de nos sous. Je me suis imaginée dévastée, t'aimant toujours à la folie. Dévastée et dépourvue. Sans ressources. Sans sécurité. Ni pour moi, ni pour les marmots hypothétiques.

Tu es revenu dans la chambre. Souriant. Les cheveux humides. Une serviette autour des reins, un peu trop basse, laissant entrevoir les poils plus noirs de ton ventre juste au-dessus de ton sexe. Mon lieu de culte. J'ai regardé ton corps. Rien à voir avec les canons de beauté. Pourtant, chaque partie est pour moi un endroit sacré, un sujet d'adoration. Je dis à tout le monde que tu es un centaure. Et tout le monde me regarde avec un drôle d'œil. Je m'en fous, j'ai eu ma révélation, je sais que c'est vrai. Tu es un centaure et je suis une nymphe. J'aime ton corps à la folie. Ton torse et ton dos, couverts de poils doux et odorants où j'enfouis mon nez jusqu'à perdre conscience. Tes mains aux angles cassants qui ont l'air d'avoir été rabotées dans une planche de bois franc. Ton sexe…

— J'ai envie de toi.

J'ai étiré mes bras au-dessus de ma tête, tendu la pointe de mes pieds. Tout mon corps, jusqu'à mes orteils, appelait le tien. Tu m'as souri, indécis, tenté. Tu n'avais pas le temps. Tu as enfilé tes vêtements. Ton chandail de Karkwa, ton pantalon trop grand. Puis tu t'es étendu sur moi. Ton corps dépassait le mien par le haut et par le bas. J'ai attrapé ta tête, j'ai collé ma joue droite sur ta joue droite, plongé mon œil droit dans ton œil droit. Jamais vu un bleu pareil. J'aurais passé ma vie comme ça. L'âme noyée dans ta prunelle. L'impression de plonger en toi comme en moi, dans un lac profond qui me révélait toute l'histoire de l'humanité en quelques secondes. Tes yeux me racontaient quelque chose, ils m'offraient des questions que je n'avais jamais imaginé poser. Tu as grogné dans mon cou. Ta voix est si douce que j'ai parfois l'impression que c'est de moi qu'elle s'écoule. Avec ta bouche, tu as attrapé mon mamelon à travers le tissu de ma robe. Pressé les dents juste assez pour que je gémisse. Tu as cessé au moment parfait, juste avant que je dise «outch!» Puis tu m'as embrassée. Tu as gardé longtemps ma lèvre inférieure entre les tiennes. La suçant, la goûtant. Enfin, tu t'es redressé, me laissant étendue dans ton lit, seule avec mon désir, ma fatigue et ma robe soleil toute tordue sous les fesses.

— Bonne journée, grande fille! T'as juste à barrer la porte en sortant! Je dors chez vous ce soir?

— Oui, je vais aller te chercher après ta job!

— O.K., bye!

— Attends! Sont où, les toilettes?

— Première porte à droite à côté des escaliers. Y a du papier là.

J'ai regardé dans la direction que ton doigt indiquait et j'ai aperçu un rouleau de papier de toilette quasi achevé trônant sur une caisse de bière vide.

— Merci. À ce soir!

— J't'aime!

Je t'ai répondu par un sourire. Je n'aime pas dire «moi aussi». Ça me donne l'impression d'avoir à rendre quelque chose. Je préfère dire «je t'aime» spontanément, quand ça me vient. Tu as refermé la porte derrière toi. J'ai étendu ta douillette sous moi. Il faisait trop chaud pour que je m'en recouvre. J'étais heureuse d'être là, dans ton lieu, cet endroit dont tu n'es pas fier et qui te rend vulnérable. Tu m'as dit que depuis que tu me connaissais, tu mangeais mieux, tu buvais moins. Si je peux t'offrir au moins ça. Toi qui me donnes le présent. Tu n'essaies pas de montrer que tu es un être humain intéressant : tu es intéressant. Tu hurles dans les shows rock. Tu parles à la vieille dame, à l'alcoolique fini ou à ma mère sur le même ton. Tu trouves très drôle d'afficher constamment ta craque de plombier parce que ta ceinture ne tient plus la route, et tu as raison, c'est très drôle. Puis j'ai pensé à ton sexe qui me réveille les matins où nous dormons ensemble. Jamais rien de compliqué avec ton sexe. Il me tire du sommeil sans me brusquer, il me dit qu'il me veut et il me prend. Faire l'amour avec toi, c'est comme manger, boire ou dormir.

C'est en imaginant ton sexe lové, immobile, dans mon ventre que je me suis endormie.

À treize heures, un son de harpe me réveille. J'avais programmé mon iPhone pour ne pas dormir trop longtemps. Je m'assois sur ton lit pour émerger. Ton odeur. Ta salive. J'ai encore sur moi la trace qui me prouve que tu es vivant mais aussi que tu n'es pas éternel. Je pense à mon amie, Karine, qui a perdu son chum dans un accident de voiture. Elle n'arrivait pas à se résigner à laver les vêtements de son amour. Je comprends ce désespoir. Vouloir garder l'odeur de l'autre, c'est vouloir garder l'empreinte de sa vie le plus longtemps possible. Aimer quelqu'un, c'est d'abord aimer un corps.

Je me frotte les yeux. J'attrape le rouleau de papier de toilette et je me dirige vers la salle de bain. Sur la porte, une autre feuille huit et demi par onze me dit que cette porte doit demeurer fermée en tout temps. Je me sens coupable. Je ne sais pas pourquoi. J'ai l'impression que toute la maison me hurle que je lui suis étrangère. J'ouvre et j'entre. C'est très propre. Une toilette orange. Un lavabo orange. Pas de miroir. Je vais me recoiffer à l'intuition.

De retour dans ta chambre, j'aperçois des petites culottes qui pendent sur la poignée de la porte de ta garde-robe. Sans doute les vestiges de tes ébats avec une ancienne maîtresse. Sans doute...

Je t'appelle sur ton cellulaire. Je ne te poserai pas de questions. Je préfère m'aveugler.

— Allô?

— Allô, amour! Merci, j'ai très bien dormi!

— Cool. Je me suis retenu pour pas te texter, je voulais pas te réveiller.

— Je vais toujours te chercher ce soir?

— Non, je vais te laisser ta soirée, ma belle. T'as besoin d'espace, j'voudrais pas que tu te fatigues de moi.

— O.K., c'est comme tu l'sens, c'est ton choix de vie.

— Oui. Pis ça fait comme cinq jours que j'ai pas dormi chez nous, faut que j'fasse du lavage.

— Parfait, on se donne des *news*. Je t'aime.

— Moi aussi. Bye.

Juste avant de raccrocher, je t'entends tousser encore. Parfois, lorsque nous faisons l'amour, ta respiration siffle. Tu n'as pas l'air de t'en préoccuper. Tu intègres ça à ta vie comme tout le reste, comme une chose naturelle qui va de soi. Tes abus d'alcool et de tabac, tes nuits où tu enfiles les shooters de Jack Daniel's comme si tu n'avais pas de fond. C'est ton rythme, tu aimes ton rythme, je suis la seule que cela inquiète.

Je comprends mieux maintenant pourquoi ton sexe est heureux. Il est heureux parce que tu n'as pas peur.

Je remets mon cellulaire dans mon sac à main. Je redescends vers l'entrée en prenant bien soin de relever ma robe pour ne pas m'enfarger. J'enfile mes souliers noirs aux talons de trois pouces, mes pieds se révoltent un instant contre cette position contre nature. Puis ils se résignent, habitués désormais à souffrir pour l'esthétisme.

En me rendant au boulot, j'ai une idée qui m'accroche un sourire. Une joie toute simple qui me comble. La prochaine fois, je t'apporterai des draps.

* * *

Je lance sur mon lit un sac de voyage rouge et laid que m'a mère a gagné chez Yves Rocher. Je l'appelle mon baise-en-ville. Tu l'as baptisé mon fourre-tout. Toi et moi, nous aimons ça, inventer de mauvais jeux de mots. Je me demande quel genre de femme je suis. Ce sac, chaque jour de la semaine où je dois aller en ville pour le travail, j'en fais l'inventaire, je lance dans le panier à linge sale ce qui a été utilisé, j'en renouvelle le contenu. Au cas où.

J'ai une réunion ce soir. La météo annonce une tempête. Je défais la fermeture éclair. Je trouve une serviette qui pue l'humidité. Nous ne nous sommes pas vus depuis la semaine dernière. Coucher avec son ex, c'est malsain, tout le monde sait ça. Le pyjama n'a été porté qu'une fois, mais il a été enfermé avec la serviette pendant une semaine, il en a pris l'odeur. Savoir qu'entre nous, rien ne sera jamais possible, parce que tu ne tiens pas parole, parce que tu consommes trop, parce que je n'aurai jamais confiance en toi, mais continuer de te voir. C'est cynique.

Tout ce que contient ce sac dégage une mauvaise odeur, j'en renverse la totalité sur le sol. Je t'ai quitté. Mais, dès que tu m'as envoyé un signe, je suis revenue. Avec pour seule condition de ne pas me réengager dans une relation « officielle ».

Je remplis le sac avec ce dont j'aurai besoin cette nuit et demain si je décide d'aller dormir chez toi. D'abord, des vêtements de rechange. Des jeans et un chandail. Je préfère sacrifier le port de la robe. Si les trente-cinq centimètres annoncés tombent comme prévu, je vais m'en féliciter. De toute façon, ça ne serait pas ton genre de sortir m'aider à pelleter.

Ce soir, tu vas me texter vers vingt et une heures trente. « Déjà partie ? » « Non, je viens de finir » « Tu fais quoi ? » « Ben je m'en allais » « T'aurais invitée chez nous » Je vais invoquer toutes sortes de mauvaises raisons pour avoir l'air de dire non. « Il faut que j'envoie des courriels » « J'ai Internet chez nous » « J'peux pas laisser le chien tout seul » « Fait pas beau pour prendre le chemin, belle fille » « Ouin, t'as raison, je vais aller chez vous » Je dépose un pyjama propre dans le fond. Je ne dormirai pas avec, tu vas me l'enlever. Mais si nous décidons d'écouter un film, il y a des chances que j'aie besoin d'un vêtement de transition. Je fouille dans le tiroir à condoms. Il n'en reste que trois. Ça devrait suffire. Avec nous, on ne sait jamais. J'irai en acheter avant ma réunion. J'ajoute une robe. Depuis que nous avons recommencé à nous voir, tu me traites avec plus d'égards. Peut-être que tu vas me donner un coup de main pour pelleter. J'enlève la robe. Si tu essaies de m'aider, je ne te laisserai pas faire. Tu aurais beau déployer tous les efforts. Je ne reviendrai pas sur ma décision. Je ne crois plus en nous. Je sais que je n'y croirai jamais. J'ajoute une serviette propre et une débarbouillette au cas où tu n'aurais pas fait ton lavage. J'espère que tu auras au moins lavé les draps que je t'ai donnés, je n'ai pas envie de dormir dans les restes de tes ébats avec une autre.

Je ne suis jamais sûre de rien avec toi.

Pourtant, toi, en entier. Ton grand corps mince. Courbé. Qui me dépasse d'une tête. Tes mains, tes bras si forts que j'ai parfois peur de casser. Ta voix qui grince, vibre, gronde sur ma peau et dans mes oreilles. Les poils doux de ton torse où je voudrais me reposer à jamais. Ton odeur, de coït, de sexe brut, mêlée à la cigarette. La façon délicate que tu as de déposer ta main derrière ma tête, comme pour bercer mon cerveau trop plein, préoccupé, prisonnier de ses exigences. Ton ambiguïté. Ton désir d'être bon. Ta malhonnêteté. Ton sourire immense comme une porte de traversier. Ta bonne humeur. Ton silence. Tes yeux comme des flaques gelées. Ton insouciance. Ton indifférence. Toi et toute ton humanité. Toi. Et l'impossible. Je t'aime.

Il y a dans le sac tout le nécessaire pour me laver, me vêtir, me préparer.

Rien pour me protéger.

Habitée par la peur de repartir de chez toi avec mes draps sous le bras. Je ferme le sac. Comme on ferme une menace.

LES ANNÉES

– 1 –

C'est la fin du mois de mai, ta terre fume, le temps est gris. Je suis en train de lire au salon, *The Years*, ce livre de Woolf que je n'arriverai jamais à finir. Aujourd'hui, je suis heureuse parce que la fenêtre est ouverte. L'été entre dans la maison et de temps en temps me frôle le nez, la joue et l'âme. Je suis dans la maison, mais je me sens libre. J'entends le bruit d'un gros moteur et je me souviens que monsieur Turcotte a appelé lundi pour m'aviser qu'il passerait. Je me lève pour jeter un œil dehors. Tit-Loup est monté sur le toit de sa niche. Il regarde vers l'ouest le tracteur qui se promène avec lenteur sur ta surface. Je vois les lames s'enfoncer en toi pour te retourner. Ça te fait un bien fou qu'on te laboure après six mois d'immobilisme gelé. Je regarde l'opération jusqu'au bout. Je prends du plaisir à voir ta terre noire et épaisse enfin remuée. Le paysage est plein de ton odeur humide. Je colle mon nez contre la moustiquaire pour mieux te sentir.

Puis le tracteur s'immobilise et monsieur Turcotte saute en bas de sa cabine. Il se dirige vers la maison. Bottes à cap à moitié lacées, chandail de coton ouaté usé à la corde et un peu trop petit à l'effigie d'un festival obscur datant de 1989, pantalon vert de travailleur et mains noircies d'huile et de terre. L'image immuable et rassurante de ces hommes de l'arrière-pays que je côtoie. Mes voisins, mes amis, mes oncles, mes cousins.

Je lui ouvre avant qu'il n'ait eu le temps de cogner à
la porte. Nous parlons un peu de la température. Je
lui remets son quinze dollars habituel. Puis, avant de
sortir, il me lance un sourire tout rond.

— Marci! Bon été, là!

— Bon été à vous aussi!

Je regarde ses yeux trop bleus et je me dis qu'il
devait être insupportable quand il était gamin.

Après son départ, j'enfile mes vieilles chaussures
trouées et je sors. En voyant que je me dirige vers lui,
le chien se met à sautiller au bout de sa chaîne. Je le
dépasse en déposant une main distraite sur son crâne
doux. Je vais vers toi. Ta terre retournée entre par
les trous de mes chaussures. J'aime cette sensation
humide. Je me penche pour enfoncer ma main en toi.
Tu entres sous mes ongles. Je ferme mes doigts pour te
presser et sentir ta texture. Je suis contente parce que
tu es encore plus tendre que l'an dernier. Frais. Je vois
passer, juste à côté de ma main, une grosse araignée qui
traîne un gigantesque œuf blanc. Au début, je croyais
que c'était leur cul, à ces araignées. Mais l'an passé,
en voyant qu'elles se séparaient de leurs culs pour fuir
ma bêche, j'ai compris qu'il s'agissait de leurs œufs et
qu'elles étaient des mères indignes.

Je me relève et, les mains sur les hanches, je
regarde toute ta surface en faisant un plan dans ma tête.
Les petits pois et les fèves au sud-ouest. Les tomates,
la laitue et les choux au nord-est, et le reste au hasard,
tout en ne négligeant pas de mettre les oignons près des
carottes pour éloigner les vers. En me retournant vers
la maison, j'aperçois deux lièvres qui se poursuivent en
sautillant. Puis j'en vois un qui renifle dans l'herbe à
quelques pieds de moi. J'arrête de bouger pour ne pas
l'effrayer. Il me regarde et se dirige vers moi, quelques
bonds, puis il s'arrête, quelques bonds encore, et il
passe juste à côté de mes souliers. Je souris, j'accueille

cette confiance exceptionnelle comme le plus beau des cadeaux. Il n'y a qu'au printemps, lors des jours chargés d'humidité, que les lièvres sont aussi peu méfiants.

Le ventre me chatouille. J'ai envie de sexe. Il n'y a pas que ta terre qui dégèle au mois de mai. L'an passé à pareille date, je faisais l'amour partout, souvent. Dehors, en dedans, avec l'homme qui partageait ma vie depuis de nombreuses années. Mais j'étouffais à vivre comme ça, les fenêtres fermées, prisonnière d'un intérieur immobile. J'ai choisi la liberté. Je l'ai trompé, je l'ai quitté, puis mon amant m'a quittée. Tout le monde s'est quitté et je suis enfin seule. Cette envie qui nous prend parfois de tout foutre en l'air! Mais, en renonçant à l'amour au quotidien, j'ai aussi sacrifié le sexe au quotidien.

Puis, il y a quelques mois, j'ai rencontré Frédéric. Il est trop jeune. Il arrive ce soir. Sept cents kilomètres pour mes fesses. Je pense à ses longs doigts, à cette manière unique qu'il a de les glisser en moi, sur moi, comme des anguilles douces. Je pense à ses pouces lisses qui roulent sur mes mamelons avant de les pincer juste un peu trop fort. Je suis aussi humide que toi.

– 2 –

C'est le début du mois de juin. Il fait chaud. Je suis agenouillée sur toi. Des nuées de mouches noires tournent autour de ma tête sans me piquer. Pas de vent. Je suis huileuse. Je sens le DEET. Mes caissons de semis sont éparpillés tout autour de moi. Avec ma petite pelle, je te creuse profondément puis j'enfonce des plants de tomates dans ta terre. Je les plante inclinés, ça leur donne de la force. Papa me l'a appris. De temps en temps, je relève la tête et pour m'encourager, je te regarde. Un petit vent agite les feuilles des courgettes et des capucines que j'ai plantées hier. C'est magnifique. Je me sens pleine. Sous ma lèvre inférieure, entre mes fesses, autour de mon ventre, il y a de la sueur. Je me lève pour aller à la cruche d'eau que j'ai laissée à l'ombre du cormier. J'aime le bruit de mes pas sur ta surface sèche. Frédéric est parti ce matin. J'ai des images. De son sexe. Je me rappelle son goût dans ma bouche. Je sens encore les irrégularités de sa peau sous mes doigts. Il m'a donné plus d'orgasmes qu'il ne m'en a ravi. Pas une seule fois il n'a pris ma main pour la poser sur lui. Il me plaît. Sa pureté me désarçonne. Il est gentil. Je voudrais pouvoir tomber amoureuse d'un homme gentil. Mais je n'arriverai pas à dire oui à cela tant que je n'aurai pas cessé d'aimer les deux autres qui sont venus avant. Le problème avec ces grands amours, c'est qu'ils ne se repoussent pas les uns les autres, ils s'accumulent. Et ça fait des strates de roche qui rendent le cœur de plus en plus plein et lourd. Il me plaît, mais il n'y a pas assez de place pour lui. Pas encore.

– 3 –

C'est le début du mois d'août. Je suis debout devant toi. La brise se promène sous ma robe fleurie. Son tissu se déploie sur ma peau. L'une des plus délicieuses sensations de l'été. Je tiens l'arrosoir dans une main, un verre de rosé dans l'autre. Je te donne de l'eau tous les jours, mais ça ne suffit plus. Cette pluie artificielle ne pénètre pas autant en profondeur que la vraie. Les feuilles de tes tomates ramollissent. Le niveau du puits est de plus en plus bas. J'ai décidé de laisser mourir les fleurs en pot. Je garde la précieuse eau pour tes légumes. Je veux un orage.

Je crois que Frédéric est en train de tomber amoureux. Je vais devoir prendre une décision.

Je vais ranger l'arrosoir. J'ai un petit étourdissement en me dirigeant vers la grange. Le vin rosé. Le soleil. Pas assez mangé aujourd'hui. Je décide d'aller m'étendre sur mon lit. La fenêtre est ouverte. Je m'endors. Seule. Un sommeil léger de fin d'après-midi. Les sensations vaporeuses de la langue de l'amant, de ses doigts frais. Le bourdonnement des guêpes qui cesse. Les oiseaux ne chantent plus. Dehors, c'est le silence. Le sexe de l'amant au milieu de moi. Les rideaux se soulèvent. Puis le tonnerre sourd, lointain. Et la pluie. Je l'entends si drue. J'ai peur que tes plants cassent. Mais je te sens soupirer. Ton soulagement enfin venu. J'ai l'impression d'être ta terre inondée par l'orage.

– 4 –

C'est le début du mois de septembre. L'été va finir. Je ne peux pas l'oublier, les grillons le répètent sans cesse. J'ai mis mes vieux jeans troués et ma blouse à fleurs délavée. Je suis assise sur la pelouse qui te borde. Je te regarde. Le soleil d'automne. Ce jaune, beau et cruel, partout sur toi. Ta fin bientôt. Le maïs n'aura pas le temps de mûrir. Autour de moi sont éparpillés les plants de tomates déracinés et les culs-de-poule remplis à ras bord de leurs fruits. La plupart sont encore verts. L'été est trop court ici. Je les déposerai dans des boîtes de carton sous les lits et, chaque jour, je jetterai les pourris jusqu'à ce qu'ils soient tous bien rouges. Alors, je les pèlerai et en ferai une sauce délicieuse que j'entreposerai au congélateur. Ta récolte est si bonne que je suis certaine d'en avoir pour tout l'hiver.

Ce sont mes derniers instants avec toi.

J'ai le cœur gros. J'ai ajouté une strate de douleur à l'habituelle nostalgie de l'automne. J'ai quitté Frédéric hier. Malgré la compatibilité de nos corps, j'ai bien compris que nous n'avions pas d'avenir ensemble. J'aurais continué par égoïsme. Pour avoir quelqu'un qui viendrait à moi et me réchaufferait de temps en temps. Il s'attachait de plus en plus. Je savais qu'il serait incapable d'aimer quelqu'un d'autre tant que je serais dans sa vie. J'avais envie de fuir. Je n'avais rien à lui offrir que mon corps désirant. Il me semblait inconcevable de poursuivre alors que je portais en moi la certitude de notre non-avenir.

Nous ne nous parlions jamais au téléphone. Alors j'ai dû me servir de MSN.

Il a compris. Avec sa douceur et son humour habituels, il a compris.

Il m'a dit : « Je n'arrive pas à croire que lorsque je fermerai cette fenêtre, je ne te reparlerai plus jamais, mais ça ne sert à rien d'étirer le temps. » J'ai pleuré. J'ai répondu : « Prends bien soin de toi et sois heureux, tu le mérites tellement. »

J'ai fermé la fenêtre moi-même.

WENDY

La sensation d'humidité d'abord, puis un rayon de soleil et la mouche qui se posent sur ma joue me réveillent. J'ai encore mouillé mon lit. Ça m'arrive de plus en plus souvent. Prise par l'urgence de ne pas laisser l'horrible liquide s'infiltrer jusqu'au matelas, je me lève trop vite et ça provoque une fulgurante douleur dans mon coccyx. Puis je tire les draps et je me précipite, toute nue, vers la salle de lavage. Je les jette dans la cuve de la laveuse, j'y ajoute une grande quantité de savon et d'eau de Javel. Ensuite, je vais à la salle de bain, j'attrape un chiffon et un vaporisateur contre les odeurs et je me rue sur le matelas que j'asperge tout en frottant. Je suis dégoûtée et j'ai honte.

La médecin m'a dit de ne pas m'en faire, qu'à mon âge, il est fréquent que les femmes souffrent d'énurésie nocturne. À cause des accouchements, d'une vie sexuelle très active ou de l'hérédité. Je n'ai pas eu d'enfants, mais sans doute ai-je eu trop d'amants. Et tous ces hommes, je les ai « portés » en quelque sorte. J'ai fait de l'amour mon culte. Mais je descends aussi de générations de femmes-sorcières fragiles du sexe. Je n'arrive pas à établir le lien entre les tarots divinatoires et l'urine, mais il doit y en avoir un puisque nous avons toutes les mêmes dons doublés des mêmes problèmes de santé. J'ai tout essayé, la canneberge, l'homéopathie, l'infect jus de persil, les exercices pelviens. En dernier recours, la médecin m'a dit de porter des couches pour adultes. Je n'arrive pas à m'y résigner. Même si ma chambre dégage une odeur d'ammoniaque. Même si je la tiens fermée à clef. Même si, depuis deux mois, j'en refuse l'accès à Jérôme, le dernier amant qu'il me restait.

Renoncer aux bras d'un homme à cause de ma pisse. Perdre la transcendance de l'amour. À cause de mon orgueil. Finir mes jours, réduite à accepter ma nature animale. Confrontée à l'effritement de mon corps. À l'imminence de ma mort. Ça m'enrage.

Je sature le matelas de liquide anti-odeur. Je frotte comme une forcenée.

En me relevant, je sens mon bassin qui coince un peu. Essoufflée, je me laisse tomber sur la chaise à côté de la table de nuit. Le miroir devant moi me rend l'image pathétique d'une vieille femme nue, pliée en deux, ses petits seins aplatis, son sexe grisonnant et clairsemé. Elle porte des gants de vaisselle jaunes, elle a un torchon et une bouteille de Febreze entre les mains. On est loin des images de soubrette sexy de *Playboy*. La prêtresse de l'amour a pris un coup de vieux. J'éclate de rire. J'ai envie de pleurer en même temps.

Je vais devoir prendre une douche, j'ai les fesses collées. J'attrape dans mes tiroirs des petites culottes en forme de parachute. Ma mère avait raison. En vieillissant, on troque le style pour le confort. Finie la fine dentelle noire. J'ai plutôt adopté le gros coton blanc. Je n'ai pas abaissé mes critères jusqu'au satin beige, par contre. Et si jamais un jour je me perds en mer, elles pourront peut-être me servir de voile. Puis je choisis un pantalon noir et un lainage rouge. Je sais que ça peut paraître indécent, chez une vieille, le rouge. Je m'en fous. Je porte encore la veste de cuir et les *fuck me boots* avec aplomb. Je peux me résigner pour le confort, pas pour les qu'en-dira-t-on !

En descendant l'escalier après ma douche, je t'aperçois couchée en boule sur le tapis de l'entrée. Dès que tu m'entends, tu lèves ta vieille tête chancelante et tu parviens à agiter la queue. Une odeur d'excréments m'arrive aux narines et je comprends que, ce matin, tu n'as pas réussi à te lever pour m'avertir que tu avais besoin de sortir. Mes incantations et mes transferts d'énergie ne suffisent plus. Ton arthrite te paralyse.

Il va falloir que je nettoie. Il y en a partout. Je remplis un seau d'eau et de détergent que je dépose à côté de toi. J'entreprends de frotter ton tapis et tes fesses, tu ne bouges même pas. Seules tes oreilles repliées esquissent de petits mouvements pour suivre le bruit de mes gestes. Lorsque j'ai terminé, je vais jeter l'eau souillée et j'en profite pour préparer le café. Pendant qu'il coule, je reviens vers toi. Je m'accroupis. Encore cette fulgurante douleur au coccyx. En m'entendant gémir, tu relèves brusquement la tête, et ça te fait gémir aussi. À nous deux, nous formons un sacré duo de vieilles épaves. Je rigole en caressant tes joues blanches. Tes beaux yeux noisette me fixent sans ciller. Tu as toujours eu ce regard profond de bête qui écoute.

— Est pas dans son assiette à matin, la belle fille à maman ? Maman va t'emmener chez le docteur demain, inquiète-toi pas, ça va aller mieux.

Je remplis ta gamelle de nourriture et la dépose sous ton nez, tu la sens un peu, pousses un soupir et couches ta tête de l'autre côté. Tu n'arrives même plus à te nourrir.

Quand je t'ai adoptée, il y a de cela bientôt quinze ans, j'ai tout de suite aimé ta sauvagerie mêlée de douceur. Mon voisin t'avait prise dans un de ses pièges et j'étais persuadée que le destin t'avait menée jusqu'à moi. Que nous étions prédestinées. Avec toi, je devenais une sorcière de conte de fées, toujours accompagnée de son familier. Je t'emmenais dehors pendant que je jardinais, mais dès que je relâchais mon attention, je te perdais pendant des heures. Tu gambadais au rythme de tes découvertes, chassant les oiseaux ou pataugeant dans la mare aux canards. Je reconnaissais en toi ma propre soif de liberté. Je ne compte pas le nombre de fois où je t'ai pourchassée, d'abord à la course, puis en voiture, quand j'ai compris que tu courais trop vite pour moi. J'avais la tête dure, mais toi aussi. Je me suis donc résignée à te laisser errer. Le soir, tu revenais toujours à la maison, épuisée, ton beau poil couleur de bois de grève maculé de boue et de toques. Tu marchais toi-même à la bassine avec un air coupable et je te shampouinais en te sermonnant. Pourtant, un jour, tu es arrivée le nez plein de piquants parce que tu avais senti de trop près le derrière d'un porc-épic. Deux heures passées à me bagarrer avec toi et une paire de pinces pour arriver à te les enlever tous. À partir de ce moment, j'ai compris que je n'aurais pas le choix de te tenir en laisse si je voulais te garder en vie. J'ai eu l'impression de te faire violence, de réduire ta belle nature libre. J'étouffais pour toi.

J'espère que tu me pardonneras ce geste d'amour inquiet.

Tu ne bouges toujours pas, mais ta respiration a changé. Tu t'es endormie. Je dépose ma main sur ton pelage, sans appuyer pour ne pas heurter tes vieux os. Puis je me relève pour aller déjeuner. J'ai de la bonne confiture de prunes et de cognac faite maison cachée dans mon armoire. Ça va peut-être me consoler. Je crois que je vais même me permettre un excès de beurre.

En avalant ma première bouchée de toast, je comprends que ça ne va pas passer. J'ai la gorge trop serrée. J'essaie pourtant, mais je ne me rends même pas jusqu'à la moitié. Puis, alors que j'ai encore une bouchée à demi mastiquée dans la bouche, je sens comme un immense abattement qui m'envahit. Un tsunami de fatigue et de peine qui me sature. Et je pleure. Je sanglote. Je continue de mâcher, mais je sanglote toujours. Je ne finirai pas mon déjeuner. Je sais ce que je dois faire. Ça ne peut plus attendre. Je me lève pour aller porter mon assiette dans l'évier et, en revenant, je m'arrête à la hauteur de la petite table à téléphone. J'attrape le bottin, je trouve le numéro du vétérinaire et je le compose.

— Bonjour, ici madame Jasmin à l'appareil. J'aimerais prendre un rendez-vous pour Wendy. Pour... Pour...

Ma voix se brise.

— Pour la faire euthanasier.

* * *

Tu es beaucoup trop lourde pour que je te prenne dans mes bras. Tu n'as pas bougé de ton tapis depuis hier. J'empoigne ses deux coins et je le glisse jusqu'à la porte. J'ai l'impression que ma colonne va se casser en deux. Je comprends maintenant pourquoi les autres vieilles dames choisissent des caniches ! Une fois dehors, je continue de te tirer sur le gravier jusqu'à ma voiture dont j'ouvre la portière. Tu as les oreilles rabattues. Tu as peur. Puis, en priant pour que mon dos ne se coince pas sous l'effort, je glisse mes mains sous tes pattes de devant et j'entreprends de te tirer dans l'habitacle. Tes gémissements de douleur me tordent l'âme. On dirait que je suis en train de t'arracher les yeux, c'est terrible. J'arrive enfin à te hisser totalement et je reste assise un moment à côté de toi sur la banquette arrière. Je passe mon pouce sur l'os de ton crâne pour te calmer. Tu lâches un long soupir d'abandon. La culpabilité m'écrase l'œsophage. Tu as confiance en moi, et je vais te regarder mourir sans rien dire. Je ne prendrai pas ta défense. Je ne grognerai pas contre tes prédateurs. J'ai moi-même programmé ta mort.

* * *

Je roule avec précaution. En dessous de la limite permise. Chaque fois que la voiture frappe un nid-de-poule, je jette un coup d'œil au rétroviseur. J'ai peur de te casser. Tu as la tête appuyée sur les pattes de devant, les yeux grand ouverts. Tu souffres, ma belle amie. Je vois arriver à toute vitesse une Civic coupé sport derrière nous. Elle me colle de si près que je peux voir les traits du chauffeur. Il doit avoir environ dix-huit ans. La rage monte en moi. J'ai mal aux tempes et aux mâchoires. Je ne roule jamais comme une « p'tite vieille », sauf aujourd'hui. Aujourd'hui, je fais exception pour toi. Rien ne m'empêche d'avoir la rage au volant, par contre ! Ça n'est pas dangereux et ça soulage !

— Toé, mon p'tit crisse de tabarnak de moron sale ! Double-moé, crissdecolissdetabarnak ! Toé, ta mère a dû t'appeler Kevin ou bedonc Brendon avec une faute dans l'orthographe de ton nom ! Je l'sais pas qu'est-ce qui me retient de crisser les breaks ! J'ai pu rien à perdre, ostie debord. J'ai pus rien ni personne dans vie sauf mon chien, pis mon chien…

Je n'y vois plus rien. Mon visage est plein d'eau tiède. Mon nez est morveux. Je mets le clignotant pour m'arrêter sur le bord du chemin. Kevin-le-mal-élevé me dépasse, son moteur grondant, pour me manifester son impatience. Je lui envoie mon doigt d'honneur.

— Va chier, tabarnak !

Tu lâches un grognement. Un commentaire sur mon attitude. Est-ce que je ne pourrais pas te donner cinq minutes de paix ? Te laisser vivre dans l'harmonie tes derniers instants de vie ?

— T'as raison, Wendy. J'vas la fermer, ma vieille trappe, mon chien.

Je presse mes narines avec le revers de ma manche. Quand j'étais petite, maman me réprimandait pour ce genre de geste peu hygiénique. Je n'ai jamais pu me résigner à arrêter. Je préfère mille fois avoir de la morve sur mes vêtements que la goutte au nez! Le capteur de rêve suspendu à mon rétroviseur s'est immobilisé. Je ne sais plus depuis combien de temps je suis là. Je redémarre le moteur. Je tiens à arriver à l'avance chez le vétérinaire.

* * *

Assise sur la banquette arrière, ta tête posée sur mes genoux, je te parle.

— Maman te laissera pas mourir tu seule, ma belle fille. Maman va rester avec toi jusqu'au boutte. C'est pas vrai que tes dernières images de la terre, ça va être des inconnus pis une pièce frette qui pue les antibiotiques. Maman va te caresser pis te réconforter. Faut pas que tu m'en veuilles, ma grosse fille. J'ai pus le choix. T'as ben trop mal à tes vieux os. Tu vas voir, on va se retrouver de l'autre bord. On va avoir une belle éternité.

Tu soupires. Tu comprends ce que je te dis. Il est onze heures moins dix. Dix minutes pour te sortir de là et te traîner jusqu'à la clinique. J'ouvre la portière et je place le tapis par terre à côté de la voiture. Je n'ai pas d'autre moyen et je déteste demander de l'aide. Je commence à tirer ton corps vers l'extérieur. Encore les gémissements.

— Chuuut. Chuuut. Ma belle fille. Arrête. Tu me fends le cœur. Maman fait pas exprès de te faire mal.

— Madame?

Je me retourne en entendant la voix. Debout derrière moi se tient un grand gaillard d'environ dix-huit ans.

— Est-ce que je peux vous aider?

— Oui, s'il vous plaît.

Sans dire un mot de plus, le jeune homme va porter son chat dans sa Civic coupé sport et revient vers moi. Je me tasse sur le côté pour lui laisser la place et il se penche sur la banquette arrière. Il te parle doucement. Avec précaution et délicatesse, il passe son bras gauche sous ton cou et le droit sous tes hanches. Puis il te soulève. Tu émets à peine un gémissement. Il se dirige à grandes enjambées vers la clinique, je trottine derrière lui pour arriver à le rattraper. À l'intérieur, il attend pendant que je parle à la secrétaire. Elle nous indique la salle où nous devons nous rendre. Il me laisse passer en premier. Il entre à ma suite et te dépose sur la table d'examen.

— Quoi qu'a l'a, votre chienne?

— De l'arthrite, faut que j'la fasse euthanasier.

Le garçon se fige. Plisse un peu les yeux. Met sa main sur ton cou. Te caresse.

— C'est d'valeur. Ça a d'l'air d'être un bon pitou.

— Oui. C'est d'valeur.

Il enlève sa casquette, se gratte derrière la tête, remet sa casquette.

— Bon, ben, m'as y aller, moi là. Bonne chance, Madame.

Juste avant qu'il franchisse le seuil de la porte, je lui réponds:

— Merci, Kevin.

Il se retourne, m'adresse un grand sourire.

— J'm'appelle Alexandre! Y a pas d'quoi, Madame!

Le vétérinaire me montre des tubes et m'en explique le contenu. Le premier est censé enrayer ta souffrance, le second va te tuer. Je suis consternée. N'y aura-t-il pas, au dernier moment, quelqu'un ou quelque chose pour empêcher que cela ne se produise?

— Êtes-vous prête, Madame Jasmin?

— Oui oui. Vous pouvez y aller.

Je fais des efforts surhumains pour retenir mes sanglots. Je caresse ta joue avec une main, je dépose l'autre sur ton poitrail. Le vétérinaire plante une grosse aiguille dans ta patte. Tu sursautes. Il l'entoure d'adhésif. Le plastique, le métal sur et dans ton corps palpitant. Ça hurle à l'intérieur de moi. Il t'injecte le premier tube. Tu te détends. Ton souffle ralentit. Il retire la première seringue et installe la deuxième. Ça crie, ça se bagarre, ça me griffe les entrailles. Il appuie et je vois le liquide qui baisse. Puis, sous mes mains, ta vie, soudain, n'est plus là. Ton corps n'est plus toi. C'est une chose. Comme une pierre. Comme une bûche. Comme si tu n'avais jamais existé.

Je tremble de partout. J'éclate.

Mes sanglots sont si forts, il me semble que je hurle. Je n'arrive plus à retrouver mon souffle. À travers ma crise, j'aperçois un sarrau blanc, le vétérinaire qui me parle. Je n'entends rien. J'essaie de reprendre le dessus. Il va penser que je suis folle. Il m'emmène jusqu'à une chaise. Je m'y laisse tomber. Je respire. Je respire. Je dois respirer. Quand je sens que j'ai enfin repris le contrôle, je regarde le vétérinaire dans les yeux.

— Avez-vous quelqu'un pour vous reconduire chez vous, Madame Jasmin?

— Non. J'vas être correcte.

Je m'appuie sur les bras de la chaise pour me relever. L'homme m'attrape par les épaules pour me soutenir et m'aider à me tenir debout. J'essaie de ne pas regarder la table d'examen. Pour ne pas voir cette chose qui n'est plus toi. Le sarrau m'accompagne jusqu'à la sortie.

— Faites attention à vous, Madame Jasmin.

Je n'arrive pas à répondre. Avant de sortir, je vois un tableau garni de photos de chiens et de chats perdus ou à donner. Je m'en fous.

Dehors, avant de monter dans ma voiture, je regarde les arbres rougis par le soleil d'automne, les nuages, les fleurs tardives. Je n'y vois rien de plus que des formes vides qui n'ont pas d'âme. Les arbres muets, les fleurs éteintes. Je n'arrive pas à saisir ce qui m'arrive. Je prends place dans ma voiture, pose mes mains sur le volant. Soudain, l'évidence me frappe, je comprends avec horreur que le monde ne me parle plus. En te voyant mourir, j'ai perdu la foi.

TROIS SOUS ET UNE ÉTINCELLE

À Karrick Tremblay,
mon ami parti trop tôt

Maman conduit la voiture. J'ai appuyé mon front contre la vitre parce que l'habitacle est trop chaud et sa fraîcheur me fait du bien. En traversant Saint-Fabien, j'aperçois le terrain de la maison que j'aimais tant. Chaque fois que j'entreprenais un voyage vers Montréal ou Québec, j'attendais le moment où j'allais enfin l'apercevoir. Elle était abandonnée. Entourée d'arbres immenses. Deux chênes enchâssaient la galerie de devant. Ça lui donnait l'air d'être écrasée entre leurs troncs. Les cinq ou six feuillus qui entouraient cette demeure étaient, de loin, les plus massifs et les plus hauts que j'avais vus de ma vie. Depuis au moins trois mois, ils ont été dépouillés de la maison qu'on a détruite. Il ne reste plus, désormais, que ces colosses dépossédés se penchant sur le vide. Qui n'ont plus rien à protéger ou à menacer. C'est un portrait impossible. Cette maison avait façonné les arbres, comme une sculpture d'argile autour de laquelle on aurait coulé un moule de plâtre. Je me souviens du pincement que j'ai ressenti le jour où j'ai constaté qu'on l'avait passée au bulldozer. J'étais en voiture avec toi. Nous allions ensemble à Montréal pour le lancement de *Mœbius*. Notre première publication à tous les deux. Notre première consécration.

— Ça va-tu, ma pitoune ?

Je n'ai pas envie de répondre. Je préfère rester dans le silence. Il est confortable. Il me berce. Me demander de parler, c'est me tordre les tripes. M'obliger à utiliser le langage pour mettre des mots sur ce que je ressens, c'est me faire violence. Mes lèvres lourdes sont soudées l'une contre l'autre. J'ai l'impression qu'on me tire l'âme avec des forceps. Je vais devoir répondre. À cause de cette foutue norme humaine qui veut que lorsque quelqu'un nous pose une question, on doit répondre. Je ne peux pas feindre de n'avoir pas entendu. Il n'y a même plus de musique. Maman l'a fermée il y a quelques minutes parce que le CD jouait « Amazing Grace » et elle a eu peur que je pleure. Je ne comprends pas en quoi c'est grave de pleurer. Maman y voit certainement la preuve que la peine est extrême. Je pense plutôt que les larmes sont un signe qu'au lieu de s'accumuler à l'intérieur et de se transformer en croûtes, la douleur se dissout dans l'eau et ne se cristallise pas. C'est lorsqu'elle se solidifie que la douleur reste. Maman dépose la paume de sa main droite sur mes jointures. J'adore la texture de sa peau, douce comme les graines de l'*Entada gigas* polies par l'eau salée, les *cœurs de la mer*.

Je ne pourrai pas m'abstenir de parler plus longtemps. La phrase ne manquera pas de résonner à nouveau dans l'habitacle de la voiture. « Ça va-tu, ma pitoune ? » L'absurdité de la question m'enrage. *Non ! Non ! Non ! Ça va pas ! Mon frère d'âme littéraire s'est câlissé dans un paquet de chars pis y a explosé ! Y ont été obligés de l'identifier avec ses dents. Non, ça va pas, tabarnak ! C'est l'printemps, y fait frette, y mouille pis j'ai pas envie d'aller à un ostie d'enterrement !* Mais je ne répondrai pas ça. Parce que maman n'est pas en train de me demander si je vais bien. Elle a juste besoin d'un signe. Pour lui montrer que je suis vivante, encore de ce monde et pas disparue dans ma douleur à jamais, ni remplacée par elle. Elle veut que je lui montre que je suis encore en mesure de communiquer avec le monde extérieur.

— Ça va aller, maman.

J'ai ta mort coincée entre les dents, mais «ça va aller», c'est ce que maman veut entendre et, au bout du compte, c'est aussi la vérité. Je garde ma tête appuyée contre la fenêtre. Je sais que ta perte va me pousser à écrire. C'est déjà commencé. Dès le soir où ta blonde Mélanie m'a annoncé la nouvelle, ç'a été plus fort que moi. Pendant que je pleurais dans l'escalier de service, les deux mains appuyées contre ma bouche pour ne pas réveiller mes nouvelles colocataires, j'observais mes tripes, je disséquais ma douleur, je prenais des notes. Maman est venue me chercher ce soir-là. Elle ne voulait pas que je sois seule. J'ai dormi chez elle, dans mon ancienne chambre. J'ai fait des cauchemars toute la nuit, je me réveillais parce que j'entendais ta voix. Parfois douce à mon oreille. Mais à d'autres moments d'horribles cris. Je suis terrorisée à l'idée que tu aies pu souffrir.

En arrivant à Rivière-du-Loup, je me mets à trembler à l'intérieur. Je ne connais pas ta famille, je commençais à peine à connaître ta blonde. Les seules traces de notre amitié sont écrites. J'ai l'impression d'être un imposteur. J'ai l'impression d'avoir à mendier le droit d'éprouver ma douleur.

Grâce au GPS qui nous dit que «dans-six-cents-mètres-tournez-à-droite-tournez-à-droite», nous trouvons facilement le salon funéraire. Maman aussi est nerveuse. Elle cherche une place dans le stationnement, celles que je lui indique ne semblent jamais convenir. Puis elle se gare enfin. Pose à nouveau sa main sur la mienne. Sa main douce comme des pétales de pivoine. «Ça va aller, ma tite pitoune?» *Oui, maman, ça va aller. Ta présence enveloppante me calme déjà. Merci.*

111

Mais je ne dis rien. Je serre sa main en retour. Je la regarde un moment puis prends une grande inspiration et ouvre enfin la portière de la voiture. Il fait un temps terrible. J'attache le dernier bouton de mon imperméable vert pomme.

* * *

La cérémonie n'a pas duré longtemps. Deux prières récitées d'une voix monocorde par un thanatologue sans une once de charisme ou de chaleur humaine. Nous sommes sur le trottoir devant le salon funéraire, et nous avons froid. Valeri s'est jointe à nous. Elle est venue depuis la Beauce. Valeri, c'est notre prof de création littéraire à l'université. Toutes les trois gardons les mains enfoncées dans nos poches. Mais nous n'arrivons pas à arrêter de parler. C'est qu'il y a toi au milieu de nous qui n'es plus là. Toi qui manques et dont nous devons dire la perte. Les hommes et les femmes de ta vie passent à côté de nous et s'en vont se réunir ailleurs. Nous ne te connaissons pas sous le même angle qu'eux. Tu n'es pas un frère, un cousin ou un fils, tu es une âme sœur littéraire qui s'en est allée. Pas de party de sandwichs-pas-de-croûte pour nous. Mais nous restons dans ce moment, car nous avons besoin d'une transition entre le deuil et le retour à la réalité.

Maman dit qu'elle a froid.

Tout à l'heure, dans le salon, j'ai rencontré ta fille devant l'écran où défilaient des photos de toi. Toi devant le rocher Percé. Toi dans un parc, soulevant ton fils comme une poche de patates. Toi dans un bar avec ta sœur qui a l'air aussi rock'n'roll que toi. Tatouée. Cheveux noirs rasés en dessous et longs au-dessus. Une fois sur deux tu portais le même chandail. Un t-shirt avec des motifs camouflage. Ton préféré. Il a brûlé avec toi dans la voiture. Je n'arrivais pas à soutenir ces images. Elles me heurtaient. Ma mère me regardait en appréhendant le moment où j'allais éclater. Alors, Mélanie m'a présenté ta fille. Je me suis penchée vers elle et lui ai serré la main. Elle est magnifique. Non. Tu m'aurais dit de donner plus de détails. «Pourquoi est-elle magnifique?» Eh bien, ta fille est magnifique, mon ami, parce qu'elle te ressemble. Rouquine. Avec un visage presque muet qui se met à jacasser dès qu'elle sourit. Mélanie lui a dit que j'étais une amie de son papa avec qui il écrivait. Et elle a ajouté : «Des genres de textes qu'il va falloir que tu attendes au moins dix ans avant de pouvoir les lire.» La petite a rétorqué qu'elle voulait les lire tout de suite. On a tous bien ri. Toi et moi, nous avons écrit des textes «cochons» ensemble.

En regardant ta fille, je me suis souvenue de cette image d'elle que tu avais publiée sur Facebook dernièrement. Elle avait les cheveux emmêlés et pleins de barrettes et de boucles. Tu avais écrit comme légende : «Elle a mis le chaos dans ses cheveux et j'ai trouvé ça beau.» Le chaos. Tu me l'as piquée, celle-là. Tu le savais. C'était un clin d'œil à un de mes textes, «S'abandonner au chaos». Rien ne t'échappait, tu portais une attention constante aux choses et aux êtres. Il t'arrivait de me ressortir des conneries que je t'avais écrites des mois plus tôt dans notre cybercorrespondance. Depuis ta mort, j'ai tout relu, le nombre de fois où tu as dû te payer ma tronche en te rendant compte que je me souvenais moins bien que toi de mes propres paroles. La petite a dit à Mélanie qu'elle allait se construire une échelle pour aller sur la lune et y enlever son papa pour qu'il revienne dormir avec elle dans son lit. Elle a aussi dit que son papa ressemblait à un citron. Ça, je ne l'oublierai pas.

Maman frissonne.

Valeri me parle de Leonard Cohen. Ta mort et les oiseaux l'ont menée à cette citation. *There is a crack, a crack in everything and that's how the light gets in.* Elle me fixe longtemps avec ses yeux qui ont l'air de poser une question à mon âme. Mais mon âme ne sait pas quoi répondre. Ça lui prend des jours pour mûrir ce genre de phrase. Et quand je dis des jours, je suis généreuse. J'ai mis deux ans à comprendre pourquoi Woolf disait : « Rien ne devrait recevoir de nom, de peur que ce nom même ne le transforme. »

Maman frotte ses mains sur ses bras pour se réchauffer.

… that's how the light gets in. Oui, il y a une fissure dans chaque chose, dans chaque être humain, et c'est par cette faiblesse, par cette plaie vive que la lumière entre. Ta mort m'a foudroyée et a ouvert une grande brèche en moi. Elle part de l'épaule gauche et me traverse en forme d'éclair jusqu'à la hanche droite. Me voilà exposée. Je montre le flanc plus que jamais. Je suis prête à faire entrer la lumière.

Je raconte à Valeri qu'une semaine avant de mourir, tu m'as envoyé un dernier texte : « La beauté existe encore ». Dans ce texte, il y avait un personnage inspiré par moi, tu l'avais appelé Alice. Cette fille, Alice, elle arrivait à voir de la beauté en toute chose. Elle écrivait le monde tel qu'elle voulait qu'il soit. Je voudrais être à la hauteur de ton Alice. Je promets à Valeri de lui envoyer le texte.

Maman dit qu'elle n'en peut plus, que nous devrions aller prendre un café.

Je regarde Valeri. J'attends de voir sa réaction. Elle semble enthousiaste. Nous nous donnons rendez-vous dans une brûlerie de Rivière-du-Loup.

* * *

Nous avons dû passer au moins deux heures dans ce café. Ça m'a fait un bien fou. Sur le chemin du retour, j'aperçois de nouveau les arbres courbés. J'ai la certitude qu'au fond la maison est encore là, bien en place au milieu d'eux, remplie d'histoires de famille et d'éclats de rire de gamins. Les arbres n'enchâssent pas le vide, ils enchâssent un magnifique et touchant souvenir. La même chose se produit en moi. Je suis pleine de toi, comblée, débordante. J'ai envie d'écrire une histoire. J'en connais déjà le titre.

* * *

Trois femmes entrent dans un café.

La première est blonde. Menue. La mi-trentaine. Elle est belle comme le fragile frimas d'un matin de mars. Celui qui nous convainc de sauter dans nos raquettes pour visiter les champs avant qu'il ne s'envole. Ou comme les petites mousses blanches des quenouilles qui s'effilochent à l'automne. Elle est belle comme une chose sur laquelle on voudrait refermer la main, sans serrer pour ne pas la blesser. Comme un papillon ou une coccinelle.

La deuxième est de jais. Petite. La cinquantaine. Elle est belle comme un chat qui joue avec une plume. Un chat dont on aurait envie de gratter le bedon, mais qui nous mordille la main et laisse des lignes rouges et enflées sur notre bras avec ses griffes. Ou comme une femme nue sur une peinture des années soixante-dix. Les peintures qu'il était à la mode de mettre dans la chambre à coucher au-dessus du lit. Avec des femmes pleines et un tantinet trop nues.

La troisième est brunette. Standard. Début trentaine. Elle est peut-être belle, parce qu'on le lui dit souvent. Mais je ne saurais dire comment parce que c'est moi, enfin, la transposition de moi dans la fiction. Disons qu'elle a de grands yeux noisette, une bouche pleine avec une toute nouvelle ride du côté droit. Une ride de moue et de désir.

Les trois sont habillées en noir. Quoique la troisième porte un imperméable vert pomme très coloré parce qu'il pleut dehors.

En entrant, la blonde et la brunette regardent autour d'elles pour trouver un endroit où s'asseoir. Il y a une guitare posée sur la seule table qui a l'air libre, mais personne ne prend place sur ses chaises. Puis les deux femmes voient en même temps, tout au fond, une table avec trois chaises juste à côté des grandes fenêtres. Elle semble leur être destinée. La brunette commande pour elle un bol de café au lait et un biscotti aux amandes et pour sa mère de jais un café corsé et une chocolatine. La blonde prend un bol de soupe au poulet et au riz. Toutes les trois vont s'asseoir. La blonde et la brunette se font face et la noire de jais est au milieu. La brunette prend une gorgée de son café au lait et le trouve délicieux. Juste ce qu'il faut de café pour être amer sans être étouffé par une surabondance de lait chaud. La blonde s'exclame en tournant sa cuillère dans sa soupe : « Ah, du riz sauvage ! J'aime ça, le riz sauvage ! » Les deux autres rient. C'est qu'elle a eu un geste de petite fille spontanée qui les a touchées. La noire de jais ne passe pas de commentaire, mais elle dira plus tard à sa fille sur le chemin du retour que la chocolatine était excellente, la meilleure qu'elle ait jamais mangée.

Les femmes se mettent à parler de toutes sortes de choses. De leurs familles singulières. La blonde raconte comment son père les emmenait à la plage en wet suit pour explorer la mer en canot, alors que tout le monde « normal » était en bikini pour profiter du soleil. La noire de jais évoque les excursions de pêche avec ses six sœurs et son père dans les rivières de la Côte-Nord. Puis la brunette parle du déficit d'attention généralisé dans leur famille à cause duquel elles se retrouvent toujours les pieds dans les plats. Comme la fois où la noire de jais avait jeté la totalité de leur lunch dans une poubelle de dépanneur parce qu'elle n'avait pas vu le trou dans le comptoir en déposant ses choses pour se prendre un café.

Puis lorsqu'elle comprend que la brunette n'a pas de frères et sœurs, la blonde lui demande si elles peuvent se tutoyer. « Qu'est-ce que ça te fait, Amélie, d'être enfant unique ? » Elle demande ça parce qu'elle n'a qu'une fille et elle ne sait pas si elle aura d'autres enfants. *La brunette tourne ses yeux vers la fenêtre parce que ça n'est pas une question simple et elle doit réfléchir pour bien répondre. Alors sa mère décide de répondre à sa place. Elle a l'intuition de l'âme de sa fille et elle pressent que ça va lui prendre une éternité. Elle répond des choses que la brunette n'aurait pas dites, mais qui sont tout aussi importantes. Ça concerne le partage et la générosité, mais aussi la trace que les parents laissent sur leurs enfants, peu importe qu'ils soient uniques ou nombreux. Puis la brunette dit : « Ça m'a tournée vers les autres. » Elle dit aussi d'autres choses, mais c'est ce qui compte vraiment dans tout ce qu'elle a dit : « Ça m'a tournée vers les autres. » Et c'est vrai qu'elle a un énorme besoin des autres. Pas seulement un besoin de prendre, surtout un besoin de leur donner et de les voir. Les respecter et les aimer par un regard vaste et plein qui ne les cerne pas, mais plutôt attrape des morceaux de leur singularité tout en admettant qu'elle est bien impuissante et eux si multiples et beaux qu'elle ne saurait les dire entiers.*

Le café se vide. Il n'y a plus que les trois femmes. L'éclairage est orangé et tamisé. De l'autre côté des fenêtres, un rideau de pluie empêche de bien distinguer la rue à l'extérieur. C'est comme si ce café et les trois femmes étaient désormais les seules choses réelles. Puis un homme entre qui prend place devant la table à la guitare. Il est brun, porte des vêtements sans âge. Les femmes ne le remarquent pas. Il prend l'instrument. Il joue mais ne chante pas.

C'est à ce moment-là, je crois, que la conversation bifurque vers toi. Les trois femmes arrivent du salon funéraire. Il y avait des roses de toutes les couleurs déposées au fond de globes de verre. Au milieu des globes, il y avait une urne. Et dans cette urne il y avait toi. Marilon marulé, comme tu le disais dans ta nouvelle. Les trois femmes ne sont pas de ta famille. Elles ont avec toi un autre lien. Elles sont restées dehors devant le complexe funéraire. Elles ont commencé à parler de toi. De ton talent. Il faisait froid. Mais elles avaient besoin d'être ensemble dans le souvenir de toi. Alors la mère de jais a suggéré un café et c'est comme ça qu'elles se sont retrouvées ici.

La musique que l'homme joue est si naturelle et douce que les femmes viennent tout juste de se rendre compte de sa présence. La blonde remarque qu'il joue sa berceuse d'enfant. Une chanson de Simon and Garfunkel. Les femmes sont charmées par cette discrète ambiance qui les transporte sans les tirer hors de leur conversation.

Puis vient le temps de partir, parce qu'elles ont toutes une longue route pour retourner à la maison. Alors elles se lèvent et enfilent leurs manteaux. La noire de jais s'absente pendant quelques instants pour aller à la salle de bain. La blonde remercie le musicien, elle le félicite pour sa musique. L'homme suspend un instant sa mélodie pour lui répondre. Il lui demande si elle est d'origine étrangère. Elle répond que oui, que sa mère est allemande et son père, français, mais qu'ils ont immigré au Québec avant sa naissance. L'homme dit qu'il a déjà vécu en France. Les deux femmes le sentent nostalgique. Il dit qu'il aimerait y retourner un jour. Qu'au fond il devrait se pousser un peu. Puis il dit : « Ça ne prend pas grand-chose pour voyager. » Et au moment où il ajoute : « Ça prend juste trois sous », la blonde dit, exactement en même temps : « Ça prend juste une étincelle. » Et ça, cet instant fabuleux, cette seconde où le temps s'est arrêté, cette explosion de sens, ça entre dans la brunette qui s'était tenue là sans dire un mot, ça ricoche contre ses parois intérieures, ça la remplit de lumière.

Lorsque les trois femmes sortent du café pour regagner leur voiture, cinq mots continuent de résonner sans relâche dans la tête de la brunette : Trois sous et une étincelle. Trois sous et une étincelle. Trois sous, comme ces femmes attablées autour d'un café pour parler de toi. Et toi, l'étincelle qui leur a permis de voyager.

TABLE

OUVRAGE RÉALISÉ PAR
LUC JACQUES, TYPOGRAPHE
ACHEVÉ D'IMPRIMER
EN OCTOBRE 2012
SUR LES PRESSES
DE MARQUIS IMPRIMEUR
POUR LE COMPTE DE
LEMÉAC ÉDITEUR, MONTRÉAL

DÉPÔT LÉGAL
1re ÉDITION : 3e TRIMESTRE 2012
(ÉD. 01 / IMP. 02)